AF150236

Für meinen im Kindesalter verstorbenen Bruder Robert,

dessen Andenken durch meinen Roman bewahrt werden soll.

Er ruhe in Gottes Frieden. Amen.

Robert

Eine Familiengeschichte

über das

kurze Leben und Schicksal meines Bruders

von

Siegfried Diller

Bibliografische Information der Deutschen Nationalbibliothek:
Die Deutsche Nationalbibliothek verzeichnet diese Publikation
in der Deutschen Nationalbibliografie; detaillierte bibliografische
Daten sind im Internet über dnb.dnb.de abrufbar.

© 2023 Siegfried Diller
Herstellung und Verlag:
BoD – Books on Demand, Norderstedt

ISBN: 9783734711893

Inhaltsverzeichnis

So oder so ähnlich könnte es gewesen sein ... Dieses Motto steht auch über meinem dritten Roman, der dieses Mal aber kein überwiegend fiktiver Roman, sondern eher ein fiktives Dokudrama ist. Oder allgemein ein Versuch, die Geschehnisse des Badeunfalls meines Bruders in Erinnerung zu rufen und dadurch sein Gedächtnis zu bewahren. Zeugen, die über das Ertrinken meines Bruders berichten könnten, sind mittlerweile verstorben – liegt der Badeunfall mittlerweile doch immerhin schon 79 Jahre zurück. Aber mich bewegt dieses Geschehen noch immer, obwohl ich meinen Bruder nicht gekannt habe, nie kennenlernen durfte, denn ich bin erst sechs Jahre nach seinem Tod als fünftes und letztes Kind meiner Eltern zur Welt gekommen; vielleicht auch deshalb, weil sie eben ihr drittes Kind verloren hatten. Ich will mit diesem Roman eintauchen in die damalige Zeit und damit auch in das furchtbare Kriegsjahr 1944, in dem der Badeunfall stattgefunden hatte.

Dieses Buch soll auch eine Mahnung sein, Kinder nicht unbeaufsichtigt den Gefahren eines Gewässers auszusetzen. Wasser ist lebenserhaltend, es kann jedoch auch todbringend sein. Das dürfen wir bei all den Badefreuden nie vergessen und müssen es unseren Kindern lehren, damit keines von den Kleinen uns verloren geht.

I. Einleitendes Kapitel

Ein tragischer Unfall

Mein Bruder Robert starb durch einen tragischen, unvorhersehbaren Unfall. Er war noch ein Kind, gerade erst sechs Jahre und sieben Monate alt. Es war ein unglückseliges Geschehen, das vielleicht verhindert hätte werden können. War es Unaufmerksamkeit, fehlende Umsicht oder Gedankenlosigkeit des Badepersonals und des Betreibers oder die nicht vorhandene Aufsicht? Letztlich werden wir es nie mehr ganz aufklären können.

Allein im Jahr 2020 sind in Deutschland 378 Menschen ertrunken, 2021 waren es mindestens 299 Personen. Davon sind in den beiden genannten Jahren 156/120 Menschen in einem See und 130/95 Personen in einem Fluss ertrunken; in einem Schwimmbad waren es dagegen ‚nur' 6/7 Leute. Somit sind Seen und Flüsse Unfallschwerpunkte. So ist auch ein Fluss, nämlich die Donau, zum tödlichen Verhängnis für meinen Bruder Robert geworden.

Die Statistik zeigt noch eine andere sehr schmerzliche Zahl; denn unter all den Ertrunkenen waren im Jahr 2020 über 23 Kinder unter 10 Jahren, und 2021 waren es 17 unter Zehnjährige. Zahlen für das Jahr 1944, in dem mein kleiner Bruder den nassen Tod starb, liegen nicht vor. Eine diesbezügliche Statistik gab es damals noch nicht. Aber ich denke, dass er damals nicht der Einzige war, sondern traurigerweise einer unter vielen. Auch bei meinem Bruder waren fehlende Schwimmkenntnisse, aber auch unglückliche Umstände, wie ein Loch im Schwimmbeckenboden, ursächlich für den tödlichen Unfall.

Die Schuld-Frage

Nach einer gewissen Zeit der Schockstarre, des Nicht-Begreifenwollens und der tiefen Trauer wird bei vielen Angehörigen eines jungen Unfallopfers die Schuld-Frage gestellt. Wer oder was ist schuld am Tod unseres lieben Kindes? Wer trägt dafür die Verantwortung und wen kann man zur Rechenschaft ziehen bzw. dafür bestrafen? Gerne wollen wir die Schuld an einer Person festmachen, denn irgendwer muss ja einen Fehler begangen und versagt haben. Sei es durch Leichtsinn, Unaufmerksamkeit, eventuell vorsätzlich oder fahrlässig, denn dies zu wissen, würde unseren Schmerz, unsere Wut und den Verlust etwas besänftigen. Doch auch wenn die Schuld-Frage geklärt ist und der Schuldige feststeht und eine Strafe erhält, macht es das zugefügte Leid nicht unumkehrbar, denn wir können einen Toten nicht mehr dadurch lebendig machen. Die leid-geprüften Angehörigen und die Verursacher, die Schuldigen, müssen ihr ganzes Leben lang mit diesem Verlust oder mit der Schuld leben. Sie sind durch diese schreckliche Tatsache schon gestraft genug. Die Schuld-Frage darf auch nicht zu einem Rachefeldzug werden. Der Hass auf die Verursacher oder Täter darf sich nicht in unser Herz fressen, denn dieser Hass zerstört unseren Seelenfrieden, den es wieder zu erlangen gilt. Schuldigen vergeben – ist natürlich leichter ge-sagt als getan. Das braucht seine Zeit und übergroße Vergebensbereitschaft. Und weil das Leben weitergeht, müssen Hinterbliebene eine Überlebensstra-tegie entwickeln. Außerdem dürfen Verursacher nicht ein Leben lang mit Schuldgefühlen belastet werden; sie dürfen nicht unter der Last zerbrechen, denn auch die Schuldigen haben ein Recht irgendwann wieder unbeschwerter weiterzuleben. Ein schuldhafter oder unglückseliger Verlust darf nicht zur Zer-störung menschlicher Beziehungen führen und das Weiterleben unerträglich machen.

Die Warum- und Sinn-Frage?

Ganz allgemein stellen sich, wenn ein Mensch durch ein unvorhersehbares Un-glücksereignis bzw. einen tragischen Unfall aus dem Leben gerissen wird, viele der betroffenen Angehörigen aber überhaupt die Frage: Warum? Dies erst recht, wenn es sich um ein Kind handelt. „Warum musste es so früh sterben? Warum musste ein unschuldiges, junges Wesen, das doch eigentlich das Leben noch vor sich hatte, den Tod erleiden?" An diesen Warum-Fragen verzweifeln viele Verwandte, Bekannte oder Freunde, weil es darauf eigentlich keine be-friedigende Antwort gibt. Der Schicksalsschlag erschüttert unser selbstbewuss-tes Menschsein, stürzt uns in eine tieftraurige Sinnkrise, lässt uns unsere Ohn-macht und Hilflosigkeit schmerzlich erkennen. Wir zweifeln, wie man so sagt, an Gott und der Welt. „Warum hat Gott das zugelassen? Warum kam es über-haupt zu dieser Verkettung unglücklicher, tragischer Umstände? Warum zur falschen Zeit am falschen Ort?"

Die Antwort kennen wir nicht, und wir Menschen werden sie auch in diesem irdischen Leben nie erfahren. Diese Sinn-Frage bleibt für uns ein Geheimnis, und erst wenn wir selber in die Ewigkeit eingehen, wird es gelüftet werden. Denn eines ist klar: Sollte ich einmal vor Gottes Thron stehen, dann werde ich IHM diese Warum-Frage stellen und eine Antwort nicht nur erbitten, sondern sogar einfordern. Denn nur ER allein kann das Geheimnis lösen und uns von der Sinnkrise erlösen. Gott allein kann uns das scheinbar Verlorene in seiner unendlichen Liebe zurückgeben und uns wieder mit unseren verloren geglaubten Lieben vereinen. Wir allein können keinen Sinn in einem Unglück erkennen, weil uns Menschen das Vermögen, zu einer tieferen, transzendentalen Einsicht fehlt. Wir können die sinnlich erkennbare Welt nicht überschreiten und in die übersinnliche, übernatürliche Welt erkennend eintauchen, um so ein Unglück zu verstehen.

Wir können z.B. auch nicht verstehen, wenn in der Bibel steht, dass Gott von Abraham fordert, er solle seinen einzigen Sohn Isaak opfern. Oder auch, dass Gott seinen einzigen Sohn Jesus Christus am Kreuz für uns geopfert hat. Die gläubigen Jünger erkannten erst durch die Begegnung mit dem Auferstandenen, dass der Opfertod Jesu zur Vergebung unserer Sünden geschehen ist und für uns Gläubige den Zugang zum Paradies, zum ewigen Leben, geöffnet hat. Für uns, seine Freunde, hat er sich geopfert.

Eine Erzählung von Jesus und seinen Jüngern, die nicht in der Bibel steht, möchte ich hier noch anfügen, auch wenn das darin Geschehene man nicht mit dem Ertrinkungstod meines Bruders vergleichen oder gleichsetzen kann: Jesus war als Wanderprediger mit seinen Jüngern unterwegs, und als es Abend wurde, fanden sie bei einer Bauersfamilie Unterschlupf. Sie wurden von den Bauersleuten verköstigt und konnten dort nächtigen. Der Bauer erzählte Jesus, dass eine sehr gute Ernte in den nächsten Tagen auf seinen Feldern zu erwarten sei. Mit dem erwarteten Erlös könnte der Sohn des Hauses in die Stadt zum Studieren gehen. Hoffentlich, so meinte der Bauer, bleibt das Wetter gut bis zur Ernte. Am nächsten Morgen verabschiedeten sich die Jünger und Jesus von den gütigen Bauersleuten. Als sie einen Kilometer weit vom Anwesen entfernt waren, zog plötzlich ein Unwetter auf und der herabprasselnde Hagel zerstörte die ganze Ernte. Die Jünger riefen empört zu Jesus: „Wie kannst Du das zulassen, obwohl wir von der Gutsfamilie so freundlich und großzügig behandelt und aufgenommen worden sind. Hättest Du nicht ein Wunder vollbringen können, ja müssen?" Doch Jesus antwortete: „Wenn ich schönes Wetter zugelassen hätte, dann wäre der Sohn mit dem ganzen Geld in die Stadt gezogen, hätte es dort verprasst und wäre ein Verbrecher geworden. Weil ich das vorhergesehen habe, deshalb war es das größere Wunder, die Ernte zu verhageln. Der Sinn so manches Geschehen erschließt sich Euch Menschen eben nicht."

Das irdische Leben, das irgendwann früher oder später unweigerlich mit dem Tod enden wird, ist – wie wir es auch nennen wollen – unser Schicksal, unser unabwendbares Los, denn wie es sinngemäß schon in der Bibel heißt: „Alles hat seine Zeit … eine Zeit zum Gebären und eine Zeit zum Sterben … eine Zeit zum Lachen und eine Zeit zum Weinen (Kohelet 3,1a.2a.4a.).“ Das Paradies auf Erden gibt es nicht; neben dem Glück, den Glücksmomenten, den schönen Stunden, Tagen und Wochen, gibt es leider auch das Unglück, die schmerzlichen Verluste, die Trauer und den Tod. Dies ist eine Tatsache und davor können wir nicht die Augen verschließen oder gar fliehen. Der Tod holt uns irgendwann ein. Eine kurze Erzählung veranschaulicht dies sehr deutlich: Ein Kaufmann schickte seinen Diener auf den Basar, um Einkäufe zu erledigen. Dieser kam mit kreidebleichem Gesicht zurück, denn er traf auf dem Markt einen Fremden, nämlich den Tod, der ihn ganz erstaunt anblickte. Voller Angst lieh sich der Diener ein Pferd seines Herrn und in wildem Galopp floh er vor dem Tod nach Isfahan. Am Nachmittag ging der Kaufmann selbst zum Basar und traf dort ebenfalls den Tod. „Wieso, sagte der Kaufmann, hast Du meinen Diener heute Morgen erschreckt und bedroht?“ „Keineswegs habe ich ihm gedroht, antwortete der Tod, ich war nur erstaunt, ihn auf dem Markt anzutreffen, denn heute Abend soll ich ihn nämlich in Isfahan treffen und abholen.“

Und so war wohl auch für meinen Bruder Robert die Zeit gekommen – freilich viel zu früh. Doch den Zeitpunkt kann sich niemand aussuchen und lässt die Angehörigen fassungslos zurück. Und so versuche auch ich, zu akzeptieren und zu rekapitulieren, wie alles so kommen konnte, wie es gekommen ist. Dazu habe ich mich in die damalige Zeit hineinversetzt und vor dem historischen Hintergrund und den verbürgten Fakten die Geschichte zum Tod meines Bruders romanhaft aufgeschrieben.

II. Fiktives Dokudrama

Der Geburtstermin rückt näher

Die Temperaturen Anfang November des Jahres 1937 waren schon ungemütlich kalt. In den Nächten herrschten kühle, frostige Minusgrade – kein angenehmer Monat, um ein Kind zu gebären. Dazu war auch nicht gerade die politische Stimmung im Deutschen Reich dazu angetan; denn der Nationalsozialismus überschattete das gesellschaftliche Klima im Lande. Es wurde immer schwieriger, am kirchlichen Vereinsleben teilzunehmen und den christlichen Glauben in der Öffentlichkeit zu leben. Die militärische Aufrüstung, die Sorge um den Erhalt des Friedens und die zunehmende Kriegsgefahr bereiteten gerade vielen Müttern unruhige Momente. Zwar wurde die Mutterschaft der arisch reinen Frauen mit vielen Kindsgeburten im Dritten Reich eindringlich propagiert, doch viele Frauen hatten auch Angst, Söhne für das Reich als Kanonenfutter zu gebären.

Margarete, die Ehefrau von Maximilian Diller, hatte schon das zweifache Mutterglück. Sohn Maximilian, kurz genannt Max, und Tochter Margarete, gerufen Marga, kamen schon 1931 und 1934 zur Welt. Beide Geburten verliefen auf natürlichem Wege im Krankenhaus der Barmherzigen Brüder in Regensburg problemlos. Max und Marga wuchsen gesund heran und entwickelten sich prächtig. Deshalb hatte Mutter Margarete vor der erneuten Geburt eines dritten Kindes keine große Angst oder gar Bedenken, auch wenn die genannten Zeitumstände ein wenig Sorgen bereiteten. Denn zumindest das persönliche Umfeld für ein drittes Kind war als günstig zu bewerten: Die Familie lebte im Westenviertel Regensburgs, in einem mittlerweile 500 Jahre alten Mehrfamilienstadthaus, das Margaretes Mutter Maria Kuhn zu dieser Zeit allein gehörte, weil deren Mann Johann ein Jahr zuvor verstorben war. Im Haus wohnte zudem auch Bruder Johann Kuhn mit seiner Ehefrau Anni und den gemeinsamen Kindern Werner, Gerda und Anneliese. Außerdem gab es noch einige weitere Parteien im Haus. Zudem befand sich im Parterre im Hof unter dem Treppenhaus ein Verschlag, in dem ein Hausschwein gemästet wurde.

Man lebte damals eben genügsam, weil der Geldbeutel und das Einkommen nicht gerade üppig waren. Fleisch aß man meistens nur an den Sonntagen, weil man es sich öfters nicht leisten konnte. Mit dem selbst gemästeten Schwein hatte die Großmutter Maria und die im Haus wohnenden Kinder mit ihren Familien immerhin eine relativ günstige Fleischspeise, die als saftiger Sonntags-schweinebraten mit Reiberknödel und Salat auf den Tisch kam. Leider konnte man in dem kleinen Schweinestall immer nur ein Ferkel großmästen und dann schlachten. Es dauerte also immer einige Monate, bis es den deftigen Schwe-nebraten gab, und nach einigen Sonntagen war das Fleisch verbraucht und jede Familie musste wieder beim Metzger Bratenfleisch einkaufen. Unter der Wo-che, an den Werktagen, lebte man überwiegend fleischlos: Am Montag gab es übrig gebliebene, in der Pfanne aufgeröstete Reiberknödelscheiben mit Blau-kraut; am Dienstag Eierspeise, sprich Pfannkuchen, mit Marmelade gefüllt; am Mittwoch Spiegelei mit Spinat; am Donnerstag Rohrnudeln mit Vanillesoße; am Freitag Fingernudeln mit einem Gemüse, weil an diesem Werktag auch Wasch-tag war. Da musste die Mutter schon um vier Uhr in der Früh aufstehen und den Waschkessel im Hof anheizen, um das Waschwasser heiß zu bekommen. Dann, gegen sechs Uhr, wurde das heiße Wasser in den hölzernen Waschtrog gegossen und die dreckige Wäsche mit Kernseife eingeseift und mit einer Waschbürste sauber gebürstet. Manchmal musste auch, bei besonderer Ver-schmutzung, die Wäsche vorher eingeweicht werden. Wenn die Leibwäsche ge-waschen war, mussten die tropfnassen, schweren Wäschstücke in einem ge-flochtenen Weidekorb auf den Dachboden mühsam über zwei Stockwerke hochgetragen werden. Dort wurden sie mit Klupperln auf Leinenstricken zum Trocknen aufgehängt. An den Freitagen hatten deshalb die Mütter keine Zeit, sich um die Kinder zu kümmern, und waren froh, wenn diese in der Schule oder im Kindergarten gut aufgehoben waren. So ein wöchentlicher Waschtag war für die Frauen und Mütter mit Schwerstarbeit verbunden. Männliche Hilfe gab es nicht, da die Männer auf der Arbeit waren und Wäsche-Waschen zu dieser Zeit sowieso Frauenarbeit war.

In den Dreißiger Jahren waren die Rollen klar verteilt: Die Frauen waren für den Haushalt und die Kindererziehung zuständig, während die Männer ihrem Beruf nachgingen und das Geld für die Lebenshaltungskosten nach Hause brachten. Der Arbeitslohn wurde zu dieser Zeit noch wöchentlich, nach getaner Arbeit am Freitag, in bar in einer Lohntüte ausbezahlt. Das so erwirtschaftete Geld musste für die ganze Woche reichen und gut eingeteilt werden. Reichte der kärgliche Lohn nicht für die ganze Woche, dann wurden die Speisen von Tag zu Tag we-niger. Wenn Ausgaben dazwischen nötig waren – wie Kleidung, Schulsachen, Reparaturen, Miete sowie Nebenkosten für Strom, Wasser und dergleichen –, dann war oftmals ‚Schmalhans Küchenmeister' und man musste sich mit einem Margarinebrot begnügen. Am Samstag konnten dann mit dem mitgebrachten Lohn wieder Lebensmittel eingekauft werden – und so gab es an jenem Tag ab und zu eine ‚Rengschsburger Knacker' mit Sauerkraut zum Mittagstisch.

Doch zurück zu den mühevollen Waschtagen: Von Mutterschutzzeiten war zu dieser Zeit noch kein Rede. Selbst hochschwangere Frauen, wie Margarete, mussten die schweren Hausarbeiten verrichten. Und so musste auch Margarete noch Anfang November die Wäsche im kalten Hof bei eisigen Temperaturen waschen. Schonung, damit das heranwachsende Kind im Mutterleib keinen Schaden nimmt, war damals nicht vorgesehen – weil es eben so üblich war. Die hohe Kindersterblichkeit war mit eine Folge der Überbeanspruchung der Schwangeren und Mütter. Zumindest durch die verbesserte medizinische Versorgung in den Dreißiger Jahren ging die hohe Kindersterblichkeit deutlich zurück. Vermutlich hatte auch deshalb Margarete keines ihrer zur Welt gekommenen fünf Kinder früh verloren. Das Baby- und Kleinkinderalter haben alle ihre Kinder heil und gesund überstanden. Bei ihrer Mutter Maria Kuhn war dies noch anders gewesen: Diese bekam – meines Wissens – insgesamt 14 Kinder, von denen nur sieben Sprößlinge das Kinder- und Jugendalter überlebten. Die Wohnverhältnisse trugen das Ihrige dazu bei: Kleine feuchte, nicht geheizte Zimmer mit einem schlechten Raumklima, ohne Waschgelegenheit, ließen Krankheiten leicht entstehen.

Mutter Margarete lebte mit ihrem Mann und den bald drei Kindern im elterlichen Haus ebenfalls sehr beengt. Die Familie bewohnte eine Küche mit Essecke, ein Elternschlafzimmer, ein Kinderzimmer und einen Korridor. Ein Badezimmer oder ein Wohnzimmer war zu dieser Zeit nicht vorgesehen. Auch eine Toilette gab es nur auf dem dunklen, kalten Gang, und Wasseranschluss war nicht in der Küche, sondern nur auf dem Treppenhausgang vorhanden. Hier mussten die Frauen in Kübeln und Eimern das Kochwasser, das Putzwasser und das Badewasser holen. Es gab also nicht die Annehmlichkeiten, wie wir sie heute kennen und als Anforderungen an eine moderne Wohnung stellen. Anfang November musste Margarete somit noch den schweren Waschtag bewältigen, und da bemerkte sie schon ein kräftiges, schmerzhaftes Ziehen im Unterleib. Sie ahnte schon, dass die Geburt wohl kurz bevorstehen würde. Am darauffolgenden Montagvormittag ging sie zur Hebamme; die Kinder waren versorgt: Maxl in der Volksschule der 1. Klasse und Marga im nahen Kindergarten St. Leonhard. Die Hebamme begrüßte sie sogleich herzlich, da diese die Gebärende schon von den früheren Geburten kannte: „Na, Margret, ist wohl bald wieder so weit? Trägst ja eine ganz schön große Kugel vor Dir her!" „Ja, hast wohl recht, Hebamm', spür' schon ein Ziehen im Leib." „Dann leg' Dich mal auf die Couch und mach' Deinen Bauch frei, damit ich mit dem Stethoskop den Herzschlag des Kindes abhören kann." Nach einer kurzen Weile des Abhörens erklärte die Hebamme: „Hört sich gut an. Scheint alles in Ordnung zu sein. Aber vorsichtshalber lass mich auch noch den Muttermund überprüfen." „Und?", fragte Margret. „Wie schaut's aus, wie lange dauert's noch?" „Na ja", sprach die Hebamme, „ich denke in den nächsten Tagen oder in gut einer Woche könnte es soweit sein. Soll ich bei Euch vorbeikommen, zu einer Hausgeburt? Steht und spricht meinerseits nichts dagegen. Das Kindlein liegt richtig mit dem Kopf nach unten und Deine anderen Geburten verliefen ja auch problemlos. Ruf' mich, wenn die Wehen einsetzen, damit ich rechtzeitig zur Stelle bin. Sorge dafür, dass dann saubere Handtücher und Windeltücher bereit liegen. Vielleicht kann mir Deine Mutter, die Kuhn Mare, helfen und heißes Wasser zubereiten. Und: Schone Dich die nächsten Tage, damit keine Komplikationen dazwischen kommen." „Nein, nein", sprach Margarete, „keine Hausgeburt, ich will wieder im Krankenhaus der Barmherzigen Brüder mein Kind zur Welt bringen. War letztes Mal sehr zufrieden, und dort kann ich wenigstens ein paar Tage bleiben. Da bin ich und das Kleine gut versorgt und ich kann mich auch ein wenig erholen. Du musst also zu mir ins Krankenhaus kommen, wenn es soweit ist. Zu einer Hausgeburt trau' ich mich nicht." Mit diesen Worten verabschiedete sich Margret und ging zuversichtlich nach Hause. Bereits einige Tage später, am Ende der Woche, setzten die Wehen ein. Den Waschtag am Freitag konnte Margarete nicht mehr bewältigen; ihre Mutter sprang dafür ein und übernahm die Arbeiten.

Roberts Geburt

Der nächste Tag, ein Samstag, war kein so großer Ereignistag im November des Jahres 1937 im Deutschen Reich – bis auf eine Besonderheit: Im Reichsblatt wurde als gesetzliche Verordnung die StVZO abgedruckt, die ‚Straßenverkehrs-Zulassungs-Ordnung'. Mit Abänderungen und Neufassungen gilt sie auch heute nach 86 Jahren noch. Für die Familie Diller war dies an jenem Tag jedoch belanglos, hatten sie doch erstens kein Auto und kein Motorrad und zweites auch keinen Führerschein. Mit diesem Erlass konnten sie daher wenig anfangen. Vielmehr stand für sie ein anderes Ereignis im Vordergrund: Denn über Nacht wurden die Wehen in immer kürzeren Zeitabständen stärker, so dass die Schwangere sich ins Krankenhaus begab und die Hebamme herbeigerufen wurde. Diese stellte fest, dass noch heute, am 13. November, die Geburt stattfinden würde. Margarete meinte: „Meinst nicht, Hebamm', dass sich der Termin bis morgen hinausziehen könnte? Würde lieber morgen entbinden!" „Ja, wieso denn? Sei doch froh, wenn es schnell geht und Du das Butzerl noch heute in den Armen halten kannst." „Ja, weißt, heute ist doch der 13. und das bringt womöglich Unglück. Und meinem Kind soll doch nichts zustoßen." „Papperlapapp, red' keinen Unsinn, seit wann bist Du abergläubisch? Verscheuch' sofort diese sündhaften Gedanken. Bist doch eine gläubige Christin. Vertrau' auf den Herrgott, dann wird schon alles gut gehen." Und tatsächlich kam noch am gleichen Tag das Kind gesund zur Welt, ein Junge. „Wie macht Ihr das bloß?", fragte die Hebamme: „Zuerst ein Bub, dann ein Mädchen und jetzt wieder ein Junge." Nachdem sie den Neugeborenen und dann die erschöpfte Mutter versorgt hatte, drückte sie den Buben in die Hände des überglücklichen Vaters, der am Krankenhausflur sehnsüchtig darauf gewartet hatte, das Neugeborene zu sehen: „Hier, schau, Dein Bub! Freust Dich wohl narrisch. Bist jetzt dreifacher Vater. Und, wie soll er denn heißen, Euer Prachtstück?" „Wir wollen ihn Robert nennen, darauf haben wir uns geeinigt", flüsterte leise der glückliche Vater. „Ja, wie kommt Ihr denn auf diesen Namen? Heißt etwa jemand in der Verwandtschaft so oder kennt Ihr einen berühmten Vorfahren mit diesem Namen?", erwiderte die Hebamme. „Ja", gab Vater Maximilian zur Antwort, „der Taufpate, ein Onkel, heißt Robert, und uns gefällt er halt, nicht jeder heißt so, gibt genügend Seppl'n, Maxl's, Schorschi's, Hansl's und Sebasti's in Bayern." „Und warum nicht Adolf, nach unserem Führer? Ist gerade in Mode, die Vornamen der NS-Größen zu wählen: Hermann, Rudolf, Heinrich, Albert oder Arthur werden immer mehr Neugeborene genannt", meinte die Hebamme. „Nee, wir haben uns schon vor einiger Zeit für Robert entschieden und dabei bleibt es", entgegnete Vater Max, weil er sich auf keine weitere Diskussion einlassen wollte. Eine abfällige Bemerkung über die Namen der NS-Größen wäre zu dieser Zeit schon gefährlich gewesen.

Am nächsten Tag kam die Hebamme wieder, um nach dem Rechten zu sehen. In einer kleinen, mit warmem Wasser gefüllten Emailleschüssel badete sie den kleinen Robert. „Aber morgen stehst wieder auf Margarete! Gibt keinen Grund mehr, Dich im Bett auszuruhen. Bist gesund, und es sind keine Spätfolgen zu erwarten. Kannst die Babypflege ab morgen selber übernehmen. Spart Kosten für die Krankenkasse und das Krankenhaus. Bist eh erfahren genug, hast ja schon zwei großgezogen." Dann verabschiedete sie sich und ließ die Mutter wieder alleine. Pater Calasanz, der Krankenhausgeistliche vom Orden der Barmherzigen Brüder, kam später zu Maragrete ins Zimmer und fragte: „Nun, Frau Diller, da Sie katholisch sind, wollen Sie sicher, dass wir den Buben bald taufen?" „Selbstverständlich, Herr Pater, Sie haben ja vor drei Jahren schon meine Tochter Marga getauft." „Ja, dann freu' ich mich umso mehr", meinte der Pater und fuhr fort: „Wie soll denn der Knabe heißen?" „Mein Mann und ich wollen ihn Robert nennen, weil der Taufpate, der Onkel Robert Rupp, mit Vornamen so heißt." „Dann wollen wir das so machen", nickte Pater Calasanz bestätigend und fragte gleichzeitig: „Und haben Sie auch an einen zweiten Vornamen gedacht?" Margarete gab zur Antwort: „Ja, Siegfried soll er noch heißen."

So wurde drei Tage nach dem Geburtstermin, am Dienstag, den 16. November 1937, der neugeborene Knabe in der Krankenhauskapelle St. Pius getauft – so wie es damals üblich war: nicht in der Pfarrkirche, sondern kurz nach der Geburt sofort in der Krankenhauskapelle.

Die Geschwister Maxl und Marga freuten sich über den Neuzugang, als die Mutter ihn nach einigen Tagen nach Hause brachte. Sie fanden den kleinen Robbi, wie sie ihn gleich kurz und bündig nannten, recht niedlich; andererseits war aber nun ein Schreihals mehr in der Wohnung. Und die Mutter musste sich jetzt mehr um den Nachwuchs kümmern und hatte weniger Zeit für die beiden Großen. Die dreijährige Marga liebte Robbi besonders, denn das war ja nicht wie bei ihrer Puppe, die sich nicht rührte, sondern hier war ein lebendiges Wesen, das sie nach einigen Wochen anlächelte, das babbelte und versorgt werden musste. Nach zwei Monaten durfte sie Robert schon in den Armen halten und nach einem halben Jahr durfte sie ihm sogar das Milchfläschchen geben. Sie war mächtig stolz und half bei der Versorgung des Babys so gut, wie sie als Kleinkind es vermochte. Wenn die Mutter den kleinen Robert in einer Wanne badete, dann war Marga ebenso helfend zur Stelle, auch wenn Robbi manchmal schrie, weil Wasser in seine Augen kam, was ihm absolut nicht gefiel. Maxl mochte seinen Bruder auch, jedoch stellte er bald fest, dass er mit ihm noch nicht Fußball oder Fangen spielen konnte. Außerdem war Maxl viel unterwegs: vormittags in der Schule und nach dem Mittagessen und den Hausaufgaben in der Lederergasse bei seinen Spielkameraden. Schulkinder, die wie Maxl beengt wohnten, hatten es nicht leicht, den schulischen Anforderungen gerecht zu werden. Alles spielte sich letztlich in der Küche ab. Die Hausaufgaben mussten auf dem Esstisch nach dem Wegräumen des Geschirrs erledigt werden. Einen Schreibtisch, in einem eigenen Kinderzimmer, gab es zu dieser Zeit nicht. Sich in der Küche zu konzentrieren, war für Maxl schwer möglich, währenddessen die Mutter klappernd abspülte, Marga störend herumtollte und Robbi quengelte und laut weinte. Außerdem hörte er zwischendurch seine Spielkameraden von der Straße zum gekippten Fenster herauf laut nach ihm rufen: „Maxl, jetzt komm' endlich runter, wir warten schon auf Dich! Beeil' Dich! Wir wollen Räuber und Gendarm spielen!" Da war es nicht verwunderlich, wenn die Buchstaben auf der Schreibtafel nicht immer dem Lehrer bei der Durchsicht gefielen oder die Rechenaufgaben nicht fehlerfrei gelöst waren.

Badezeit

Auch das wöchentliche Baden spielte sich in der Küche ab. Sofern die Kinder während der Woche nicht ungewöhnlich dreckig waren, war für alle in der Familie am Samstag spätnachmittags die Körperpflege angesagt. Dazu holte Vater Max vom Dachboden eine Zinkwanne und stellte sie in der Küche auf. In Eimern holte die Mutter das Wasser vom Wasseranschluss auf dem Gang und goss es in zwei große Töpfe, die auf dem Holz-/Kohleofen bereit standen. Wenn das Wasser kochend heiß war, wurde es in die Zinkbadewanne gegossen und mit kaltem Wasser badetemperaturfertig vermischt. Als erster musste der inzwischen achtjährige Maxl in das Wasser. Die Mutter seifte ihn von Kopf bis Fuß mit Kernseife ein und wusch ihn kräftig ab. Nach dem Abtrocknen durfte er sich wieder anziehen und neben den heißen Ofen setzen, damit er sich nicht erkältete. Die fünfjährige Marga und der zweijährige Robbi mussten danach gemeinsam in die Zinkwanne. Wenn beide Kinder in der Wanne saßen, schwappte das Badewasser zeitweise schon mal über den Rand auf den Küchenstragulaboden, was der Mutter weniger gefiel, denn sie musste es dann wieder aufwischen. Marga liebte jedoch das Geplantsche, Robert allerdings weniger. Er schrie immer gleich auf, wenn ihm Wasser ins Gesicht und in die Augen spritzte. So blieb es nicht aus, dass Robert sich immer mehr von Woche zu Woche wehrte, samstags ins Badewasser zu steigen. Wenn ihn die Geschwister schon Stunden vorher ärgernd fragten: „Robbi, willst Du baden? Willst Du in die Wanne?", dann war seine Antwort: „Nein, nicht baden!". Mehr als drei zusammenhängende Wörter konnte er altersgemäß noch nicht sagen. Um seine Abneigung gegen das Baden und das Wasser zu kommunizieren, reichte es aber. Wenn nun die Kinder fertig und wieder angezogen waren, dann kamen die Erwachsenen an die Reihe. Die Kinder sollten derweil am Küchentisch spielen oder sich in die Betten im Kinderzimmer legen. Es ziemte sich nicht, dass sich die Eltern nackt badend vor den Kindern zeigten. In der Küche waren zwei Hacken rechts und links an den Wänden angeschraubt; Vater Max spannte eine Schnur von einem Hacken zum gegenüberliegenden. Über die Schnur wurde ein Lacken oder eine Decke gehängt, so dass die Wanne dahinter kaum mehr sichtbar war. Vater und Mutter konnten so nacheinander ungestört hinter der Decke sich nackt ausziehen und in die Zinkwanne steigen und sich mit dem Badewasser reinigen, ohne dass die Kinder sie sahen.

Baden im Sommer in einem Fluss

Ende der Dreißiger Jahre gab es im beschaulichen Regensburg noch kein Hallenbad. Die Bevölkerung ging in einen See oder in einen Fluss zum Baden. Da durch die Stadt die Donau fließt und auch der Fluss Regen darin einmündet, war es naheliegend, dass die Leute dorthin zum Baden gingen. Dafür gab es mehrere Badeanstalten. Im Westen war dies die ‚Schillerwiese' – mit einfachen hölzernen Umkleidekabinen und einigen Duschen. Gegen einen geringen Eintrittspreis konnte man sich auf die Liegewiese legen, ein Sonnenbad nehmen oder unter schattige Bäume legen, Ball spielen und in der Donau baden. Viele Kinder haben vor allem in der Nähe des seichten Flussufers das Schwimmen gelernt. Zur Flussmitte hin waren ca. drei Abgrenzungsbalken am Flussgrund mit einer Kette befestigt, um den Nichtschwimmer-Bereich zu kennzeichnen, dessen Wassertiefe gut zwei bis drei Meter betrug. Und dort, in der Fahrrinne der Donauschiffe, war es selbst für geübte Schwimmer gefährlich, sich aufzuhalten. Die Kinder dagegen genossen vom seichten Wasser aus die Wellen der vorbeifahrenden Schiffe.

In entgegengesetzter Richtung, im Osten der Stadt, befand sich am Unteren Wöhrd ein weiteres Bad, das sogenannte Militärschwimmbad. Rekruten wurden dort ausgebildet und lernten dort das Schwimmen und Tauchen. Doch auch die Stadtbevölkerung hatte Zutritt und erfreute sich an der Badestelle, da auch Kinder und Nichtschwimmer gefahrlos in die in die Donau hineingebauten schwimmenden Becken gehen konnten. Viele Regensburger nutzten freilich auch die Möglichkeit, sich in die Flüsse zum Baden zu begeben, auch wenn es an bestimmten Flussabschnitten gefährlich und eigentlich verboten war, wie z.B. in der Nähe der Steinernen Brücke oder wie in Pielmühle am Wehr.

Was lag da auch für die Familie Diller näher, als alle gebotenen Möglichkeiten zu nutzen? Vater Max war ein guter Schwimmer und fühlte sich im Wasser richtig wohl; ebenso die Kinder Max und Marga. Mutter Margarete dagegen konnte nicht schwimmen und schaute lieber von der Spielwiese oder vom Ufer aus zu. Auch der kleine Robert hatte bisher das Schwimmen noch nicht gelernt; er hatte zu viel Angst vor dem Wasser. Vater und Mutter versuchten, ihm trotzdem das Schwimmen beizubringen. Dazu banden sie Robert im späteren Alter von fünf Jahren einen Korkschwimmgürtel um die Brust, an dem eine Schnur befestigt war, und ließen ihn damit in die offene Donau steigen. Zwei Meter vom steinigen Flussufer entfernt sollte er nun Kraulbewegungen und Schwimmübungen im Wasser machen. Mutter oder Vater hielten die Leine und gingen nebenher am Flussufer entlang. Zumindest war es oftmals so geplant. Doch schon im Vorfeld, wenn die Ankündigung des Schwimmenlernens kam, kullerten bei Robert bereits die Tränen; er war eben ängstlich. Irgendwann gaben sie die Versuche auf, auch deshalb weil der Vater kriegsbedingt nur selten auf Heimaturlaub zuhause war.

Das Unheil beginnt

Der Krieg brachte in allen Bereichen Einschnitte mit sich. Doch im Geburtsjahr Roberts 1937 ließ sich das drohende Unheil noch nicht ganz erahnen. Der Weg dorthin war aber bereits 1933 durch die Wahl und die Ernennung Adolf Hitlers zum Reichskanzler Deutschlands gebahnt. In den folgenden Jahren wurde die Wehrmacht von 100.000 Soldaten auf 2,75 Millionen Wehrmachtsangehörige aufgestockt. Diese unheilvolle Entwicklung war ein Alarmzeichen, das viele im In- und Ausland nicht richtig zu deuten vermochten. Nur vier Monate nach Roberts Geburt marschierte am 12. März 1938 Deutschland in Österreich ein und annektierte das Nachbarland. Im September 1938 wurde die Abtretung und Ausgliederung des Sudetengebietes aus der Tschechoslowakei vollzogen. Im

März 1939 besetzte Deutschland auch den Rest dieses Landes, und ebenfalls im gleichen Monat marschierte die Wehrmacht ins litauische Memelgebiet ein. Weil das Ausland Hitlers Macht- und Annektionsgebahren bis dahin nicht Einhalt geboten hatte, begann am 1. September 1939 mit dem Überfall auf Polen der Zweite Weltkrieg. Vier Tage vorher, am 28. August 1939, wurde Maximilian Diller zur Fliegerhorstkommandantur Obertraubling zur Ausbildung dienstverpflichtet. Keiner in der Familie konnte im Geringsten erahnen, dass nun eine achtjährige Entbehrungszeit folgen sollte. Die Fliegerhorst-Kompanie war nur 12 Kilometer von Regensburg entfernt, so dass der Vater in regelmäßigen Abständen zuhause sein konnte. Vom Kriegsgeschehen in Polen und den Eroberungskriegen in Dänemark, Norwegen, den Benelux-Staaten, Teilen Frankreichs sowie in Griechenland und Albanien 1939/40 war Max nicht betroffen, obwohl er am 21. April 1940 offiziell zur Wehrmacht einberufen wurde, er aber als Nachrichtenführer in der Fliegerhorst-Kommandantur Obertraubling bleiben konnte. Das war wenigstens in den ersten Kriegsjahren ein beruhigendes Gefühl für die ganze Familie, dass der Ehemann und Vater nicht an der barbarischen und todbringenden Front eingesetzt war. Jedoch erschütterte eine andere schlimme Nachricht das häusliche Glück der Familie: Gerade als Robert zwei Jahre alt war, im Herbst 1939, kam Tante Maria Rupp vorbei und berichtete unter Tränen vom Verlust ihres Ehemannes. Robert Rupp, Onkel und Taufpate von Klein-Robert, war somit schon in den ersten Kriegsmonaten als Soldat den sogenannten Heldentod gestorben und galt als vermisst. Von nun an musste Tante Maria die gemeinsame kleine, einjährige Tochter Susanne alleine großziehen.

Kindheit im Zweiten Weltkrieg

Zu Beginn hatten viele deutsche Kinder den Krieg noch als ein abenteuerliches Spiel gesehen. Der Vater in seiner schmucken Uniform war für sie ein Vorbild, ein Held, und wurde dementsprechend bewundert. Auch Maximilian Diller wurde schon frühzeitig dienstverpflichtet. Es wäre für die Familie Diller allerdings zu schön gewesen, wenn er als Angehöriger der Wehrmacht in Obertraubling hätte bleiben können. Aber den Fliegerhorst in Obertraubling übernahmen 1940 die Messerschmitt-Werke, und Maximilian wurde nach Berlin, in die Hauptstadt des Deutschen Reiches, versetzt. Dort war er von 1942 bis 1944 bei den Telefunken-Werken beschäftigt.

Die Kinder machten es den Vätern nach und spielten mit Spielzeugkanonen und Zinnsoldaten und tauschten Sammelbilder ranghoher Militärs, Waffen und Gefechtsdarstellungen aus. Tapfere Soldaten wurden als Vorbilder gefeiert und bejubelt. Fast alle Kinder und Jugendlichen mussten der Hitlerjugend beitreten und in der Schule Kriegslieder lernen. Sogar die Kirche forderte sie auf: Betet für Führer, Volk und Vaterland. Selbst den ersten Bombenalarm empfanden viele Kinder noch als Abenteuer. Erst mit den häufiger und heftiger werdenden Luftangriffen wuchs die Angst. Von Bomben zerstörte Häuser, brennende Gebäude, Verwundete und Tote, auf Heimaturlaub heimkehrende Soldatenväter, die von den Gräueln des Krieges berichteten, Hunger und Kälte, weinende Nachbarskinder in den Luftschutzkellern – all das mussten sie plötzlich erleben, mitansehen und verkraften. Viele von ihnen verbrachten über mehrere Kriegsjahre hinweg ihre Nächte im Luftschutzkeller. Das Haus, in dem der kleine Robert mit seinen Geschwistern, Cousins und Cousinen lebte, hatte keinen Keller. Manchmal konnten sie zusammen mit den Erwachsenen bei Fliegeralarm, tags oder nachts, auch ins Nachbarhaus flüchten, die einen Keller hatten, in dem sie einigermaßen sicher waren. Dachten sie zumindest, bis eine Bombe das Nachbarhaus in eine Ruine verwandelte. Die Kinder konnten zwar im Hof und auf den Gassen miteinander spielen oder im Sommer zum Baden gehen, mussten jedoch mit einem Ohr immer auf das Auslösen der Sirenen hören, um schnellstmöglich nach Hause sputen oder einen naheliegenden Luftschutzkeller aufsuchen zu können. Zu gerne spielten sie auch verbotenerweise in den Ruinen zerstörter Häuser und so manches Kind wurde verletzt, weil es mit nicht gezündeten, noch scharfen Granaten, Munitionen oder Bomben hantierte. Eigentlich war Regensburg 1936 eine Kleinstadt mit knapp über 80.000 Einwohnern und wäre für die Kriegsgegner unbedeutend gewesen. Doch auch über Regensburg hagelte es Bomben, weil es einen Ölhafen an der Donau und einen Eisenbahnknoten gab. Zusätzlich für die Luftangriffe waren im Westen der Stadt die Messerschmitt-Werke von Bedeutung. Dieses Werk wurde in den Jahren 1936/37 errichtet und war ein Rüstungsbetrieb, der verschiedene Flugzeugtypen für das Militär produzierte. Als Standort wurde die unmittelbare Nähe zum Krankenhaus der Barmherzigen Brüder gewählt. Davon erhofften sich die Nazis, dass sich die Alliierten ein Bombardement nicht trauen würden. Weit gefehlt: Die Bombenabwürfe waren so zielgenau, dass das Krankenhaus fast unbeschädigt blieb. Und auch die historische Altstadt blieb weitgehend von Zerstörung verschont. Erst ab Juli 1944 bis Kriegsende entstanden bei den Luftangriffen auch mehr Schäden in der Altstadt.

Für die Gesundheit und Psyche der Kinder und Jugendlichen waren die Kriegsjahre verheerend. Da die Väter als Soldaten im Feld fern der Heimat waren, blieb die ganze Sorge und Erziehung bei den Müttern hängen. Da die Lebensmittel bald rationiert wurden, mussten die Mütter mit dem Wenigsten versuchen, die Mägen der Kinder satt zu bekommen. Mangelernährung und Unterernährung waren die Folgen. Deshalb bekamen die hungernden Kinder in der Kriegszeit als Stärkungsmittel den nicht sehr beliebten Lebertran. Wenn Maxl, Marga, Robert und später auch Maria den Lebertran zu sich nehmen sollten, gab es immer ein Geschrei: „Pfui, Deifi, der schmeckt so fürchterlich; ich bring' ihn nicht runter; mich würgt es und ich muss gleich kotzen", waren die noch harmloseren Kommentare. Die Mutter ließ sich jedoch nicht erweichen: „Mund auf, Augen zu, keine Widerrede", und schon steckte der Löffel mit einer Portion Lebertran im Mund der Kinder.

Margarete dachte aber auch an ihren Gatten und daran, wie sie ihn im fernen Berlin unterstützen konnte. Mutig und selbstbewusst fuhr sie mehrere Male mit der Bahn in die Metropole im Nordosten des Reiches, um ihn zu besuchen. Sogar hochschwanger mit der noch ungeborenen Maria nahm sie 1942 die strapaziöse Bahnfahrt auf sich.

Eisstoß auf der Donau

Noch dazu war es im Jahr 1942 im Winter sehr kalt. Im Januar fror die Donau zu und es bildeten sich bizarr aufgetürmte Eisschollen vor den Pfeilern des Eisernen Steges und der Steinernen Brücke. In früheren Jahrhunderten war die Donau in eiskalten Wintermonaten öfter zugefroren. Gefährlich war es vor allem, wenn sich die Eisschollen auftürmten, Tauwetter einsetzte, vermehrt Schneeschmelze die Donau ansteigen ließ und sich die Eisschollen an den Brückenpfeilern und engen Durchlassbögen der Steinernen Brücke verkanteten. Hochwasser mit Überschwemmungen der ufernahen Straßen und Häuser entlang der Donau war die Folge, oft mit schweren Schäden verbunden. Mutige und Übermütige trauten sich, den zugefrorenen Donaufluss auf dem Eis zu betreten oder sogar zu überqueren, auch wenn vor den Gefahren oftmals gewarnt wurde.

Eisstoß auf der Donau zw. 1938 und 1940. Im Hintergrund: die Stadtsilhouette von Regensburg mit Dom und Steinerner Brücke.

Wenn die Donau besonders glatt und eben zugefroren war, trauten sich auch weniger Mutige aufs Eis und ließen sich dabei sogar fotografieren. So auch einstmals Vater Maximilian mit dem einige Monate alten Sohn Robert auf seinem Arm. Die Mutter hatte zwar ängstlich gewarnt: „Max, muss das denn sein? Unterlass' das doch bitte, es ist zu gefährlich!" Doch Max erwiderte: „Hab' keine Angst, es passiert dem Kleinen nichts. Das Eis trägt schon seit Tagen. Wir wollen ein Foto schießen. Wenn Robert einmal groß ist, wird er über die Aufnahme staunen."

Später dann, als Robert vier Jahre alt war, wollten die beiden größeren Geschwister mit ihm aufs Eis gehen. Davon war Robbi alles andere als begeistert: „Nein, ich will nicht. Ich fürchte mich und bleib' lieber am Ufer stehen. Und schau' Euch zu." Da half alle Überredungskunst des Bruders und der Schwester nichts: „Aber Du warst doch schon als kleines Baby auf dem Eis. Du kennst doch das Foto. Jetzt trau' Dich endlich. Dir passiert doch nichts." Aber er war nicht dazu zu bewegen. Robert hatte einfach Angst vor dem fließenden genauso wie vor dem gefrorenen Wasser. Als hätte er das Unheil schon geahnt …

Robert auf der zugefrorenen Donau. Vermutlich im Winter 1938/39 aufgenommen. Im Hintergrund: der Eiserne Steg.

Robert auf dem Arm von Vater Maximilian. Vermutlich im Winter 1938/39 aufgenommen. Im Hintergrund: der Eiserne Steg, die Domspitzen und Häuser entlang der Holzlände/Brunn-leite.

Robert sitzend mit Vater Maximilian auf einem Schlitten. Vermutlich im Winter 1938/39 auf der Hundsumkehr aufgenommen. Im Hintergrund: der Stadtturm vom Herzogspark.

Die Geschwister Max, Marga und Robert auf einem Schlitten, der von Mutter Margarete gezogen wird. Vermutlich im Winter 1938/39 aufgenommen. Im Hintergrund: die Häuser der Holzlände am Ufer der Donau.

Fahrten nach Berlin und Besuch im Zoo

Zwei- bis dreimal im Jahr konnten die Soldaten einen Heimaturlaub beantragen; wer an der Ostfront war, nur einmal im Jahr. Manchmal wurden auch Urlaubswünsche gestrichen, denn der Weg von der umkämpften Front zurück in die Heimat war nicht immer zu bewerkstelligen. Diesbezüglich hatte es Vater Max leichter: Von Berlin mit der Eisenbahn nach Regensburg zu gelangen, war, sofern die Strecke nicht bombardiert wurde, fahrbar und möglich. Insofern konnte auch Margarete ihren Mann in Berlin besuchen kommen. Zwar war die Zugfahrt nach Berlin langwierig und mit den Umstiegen beschwerlich; außerdem war es für sie nicht so einfach, als Mutter von vier kleinen Kindern zu verreisen. Alle Enkelkinder bei der Großmutter für eine Woche zu lassen, wäre auch für die Oma eine Überforderung gewesen. So nahm Margarete mutig und furchtlos, wie sie war, die beiden Buben, Maxl und Robert, im Jahr 1942 einfach mit in die Hauptstadt.

Schon allein die Zugfahrt war für die Buben ein aufregendes und spannendes Erlebnis. Und dann auch noch die Großstadt Berlin mit all den Prachtbauten, Alleen und Boulevards. Die Wiedersehensfreude wurde nur dadurch getrübt, dass der Vater sich nicht die ganze Woche für die Familienmitglieder Zeit nehmen konnte und durfte. Dafür unternahm die Mutter mit ihren beiden Buben Spaziergänge durch die Stadt und zum Siegestor und zu anderen Sehenswürdigkeiten. Bei einem späteren Berlin-Besuch im Jahre 1943/44 gingen sie auch in den Zoo. Schon von dessen repräsentativem Toreingang waren die Buben kolossal beeindruckt. Das herrschaftliche kunstvoll verzierte eiserne Tor wurde rechts und links von je einem majestätisch anmutenden steinernen Löwen eingefasst. Schon beim Durchschreiten des Löwentores riefen Maxl und Robbi der Mutter zu: „Bitte, bitte, wir wollen unbedingt auch die echten Löwen sehen."

„Jetzt wartet doch erst einmal ab, wir kommen schon noch zum Löwengehege. Unterwegs werdet Ihr noch viele andere exotische Tiere sehen und kennenlernen", besänftigte die Mutter ihre beiden Buben. Und so besichtigten und erkundeten sie zuerst das Flusspferdehaus und das Antilopenhaus. Im Freigelände bestaunten sie Zebras, Büffel, Kamele und Elefanten. Dann endlich gelangten sie zum Freigelände der Jäger, also der Löwen, Tiger und Jaguars. Abgeschirmt durch einen Wassergraben konnten Maxl und Robert die Löwen durch die künstlich angelegte Savannenlandschaft streifen sehen. Sie konnten sich gar nicht sattsehen an den stolz und majestätisch auf leisen Pfoten dahinschreitenden Wildtieren. Andere wiederum lagen faul in ihrem Gehege, leckten sich Fell und Pfoten und gähnten mit weit aufgerissenem Maul. Ein altes Löwenmännchen hielt ein Stück Fleisch mit einem Knochen in seinen Krallen und nagte mit seinen spitzen Zähnen daran. Der Löwennachwuchs tollte derweil spielend und balgend durch das Gehege. Und plötzlich entdeckte Maxl ein Plakat. „Du, Mutti, lies mal. Für fünf Mark kann man sich mit einem kleinen Löwenbaby fotografieren lassen." Und Robert rief: „Uj, ja, bitte, bitte, unbedingt. Ich will auch einmal so ein Löwenbaby in den Armen halten. Da werden meine Schulkameraden und der Lehrer Augen machen, wenn ich ihnen das Foto zeige. So grooooßßß!", und mit beiden Händen machte er dazu ein riesengroßes Auge. „Ihr wisst schon, dass das viel Geld ist, fünf Reichsmark! Aber ausnahmsweise, die Gelegenheit wird sich so schnell nicht mehr ergeben", meinte die Mutter. Sie mussten sich in einer Schlange anstellen, denn vor ihnen warteten schon andere Kinder mit ihren Müttern auf diese spektakuläre Fotoaufnahme. Endlich waren dann auch sie an der Reihe. Der Fotograf rief erstaunt aus: „Ja, wen haben wir denn da? Zwei Jungs aus Bayern, wie ich sehe, unverkennbar in Lederhosen. Setzt Euch mal beide schön nebeneinander auf die Bank und schaut lächelnd in die Kamera!" Ein Zoowärter brachte den kleinen Löwen herbei und legte diesen behutsam in die Arme von Max. Der Fotograf ermunterte Robert, er solle den Schwanz des Löwenbabys in die Hand nehmen und dazu lächeln. Eigentlich wollte zuerst Robert das Löwenbaby in den Arm nehmen, schreckte jedoch zurück, als es soweit war, denn nun beschlich ihn ein mulmiges Gefühl. Es war ihm deshalb lieber, dass Bruder Max das Tier in die Arme nahm. Trotz nochmaliger Aufforderung zu lächeln, konnte er nur verhalten und ernst blickend dem ganzen Geschehen beiwohnen. Max dagegen lachte erfreut in die Kamera und nahm cool die Gelegenheit wahr, sich mit dem Tier zu präsentieren. Er hatte keine Angst vor dem Wildtier, denn zuhause hatten sie einen Kater, den er ständig in den Arm nahm und kraulte. Außerdem war ein Löwenjunges wegen seines Alters noch nicht so gefährlich.

Aufnahme von einem Berlin-Besuch 1942. Mutter Margarete mit Sohn Robert sitzend auf einem Bett in einer Unterkunft.

Aufnahme von einem Berlin-Besuch/Potsdam, vermutlich auch 1942. Mutter Margarete mit Robert an der Hand. Im Hintergrund: das Stadtschloss Potsdam mit Blick durch die Kolonaden auf das Schloss und die Garnisonskirche.

Aufnahme im Zoo Berlin 1943/44. Links: Robert, ca. 5/6 Jahre alt; rechts: Bruder Max, ca. 12/13 Jahre alt.

Überforderung und Wertschätzung

Große Abwechslung im grauen Kriegsalltag konnte Margarete ihren Kindern kaum bieten; umso aufregender war für die Kinder die Fahrt nach Berlin. Ansonsten hatten die Kinder nur in der Schule oder im Kindergarten Abwechslung oder beschäftigten sich mit sich selbst beim Spielen im Hof oder in den Gassen. Unternehmungen oder Ausflüge waren sowieso aus finanziellen Gründen nicht möglich. Lediglich ein Schwimmbadbesuch war noch am erschwinglichsten: der Eintritt betrug für die Kinder nur Pfennigbeträge; die Erwachsenen verzichteten für die Kinder auf einen eigenen Besuch, da der höhere Eintritt für sie in der Haushaltskasse ein vermeidbares Loch hinterlassen hätte. Da war es nicht so verwunderlich, wenn die Kinder alleine ohne die Mutter ins Schwimmbad gingen. Maxl, Marga und Robert durften zwar nicht auf die Schillerwiese, weil das Baden in der tiefen, reißenden Donau zu gefährlich gewesen wäre, jedoch ins Oberndorfer Militärschwimmbad ließ Margarete sie schon ziehen. Da waren sie ihrer Meinung nach gut aufgehoben, weil Bademeister und Aufsichtspersonal die Badeanstalt überwachten und die Schwimm- und Badebecken sicher waren. Die beiden Großen, Maxl und Marga, konnten sich zudem sehr gut um den sechsjährigen Robert kümmern und auf ihn aufpassen. Immer wieder hatten sie dies bei Abwesenheit der Mutter oder beim Spielen auf der Straße unter Beweis gestellt. Der Robert war bei ihnen gut aufgehoben. Zudem war Robert seit dem Herbst 1943 ein Schulkind geworden. Der Erstklässler wurde schon vorzeitig mit fünf Jahren eingeschult – vor seinem sechsten Geburtstag im November. Mutter Margarete war darüber heilfroh; dadurch konnte sie vormittags sich unbeschwerter um den Haushalt und die 1942 als viertes Kind geborene kleine Maria kümmern.

Allerdings überforderte sie Robert mit dem zu frühen Schulbesuch. Der Schulweg zur Kreuzschule war für ihn noch leicht zu bewältigen, da das Schulgebäude nur einige hundert Meter vom Elternhaus entfernt lag und Maxl und Marga morgens mit ihm gingen. Jedoch der Unterrichtsstoff machte ihm zu schaffen. Robert wurde ängstlicher und stiller. Die immer wiederkehrenden Stunden im Luftschutzkeller waren zudem nicht förderlich für die kleine Kinderseele, und die Angst um den Vater im Kriegseinsatz war bedrückend und traumatisierend. Marga half dem kleinen Robert, soweit es ging, auch als es darum ging, das in der Schule als Hausaufgabe zu lernende Muttertagsgedicht auswendig vorzutragen. Es war nicht leicht, jedoch lernte Robert es und trug es am

Muttertag perfekt vor: „Heut' zu diesem lieben Feste, wünsch' ich Dir das Aller-beste, Glück, Gesundheit, langes Leben mög' der liebe Gott Dir geben." Die zehnjährige Marga schrieb mit Buntstiften ebenfalls ein Muttertagsgedicht und überreichte es mit gepflückten Blumen: „Liebe Mutter, nimm als Gabe diese bunten Blumen an. Sie sind alles, was ich habe, alles was ich geben kann." Maxl bastelte und schnitzte im Werkunterricht einen Brieföffner aus Holz, damit die Mutter die Feldpostbriefe des Vaters öffnen konnte. Maria, das Nesthäkchen war noch zu klein, um dergleichen zu bewerkstelligen. Sie gab der Mutti ein dickes Bussi auf die rechte Backe und einen feuchten Schmatz auf die linke.

Das Milieu

Das Haus, in dem die Familie mit Robert lebte, war und ist ein Eckhaus angren-zend nach Norden zur Lederergasse. Nicht unbedingt eine gehobene Wohn-adresse. Die Lederergasse und die angrenzenden Gässchen wurden auch als „Glasscherbenviertel" bezeichnet. Deswegen, weil die Häuser zum Teil in einem desolaten Zustand waren: Zerbrochene Fensterscheiben, die nur mit einem Pappkarton notdürftig abgedeckt waren, und Glasscherben von zerbrochenen Bierflaschen auf dem Kopfsteinpflaster trugen namentlich zu dieser Bezeich-nung bei. Unter den in bescheidenen Verhältnissen lebenden Bewohnern, ja sogar in manchen Familien, herrschte ein angespanntes, weil finanziell dürfti-ges Miteinander. Streitigkeiten wurden lauthals, oft auch durch betrunkene (Ehe-)Männer, ausgetragen. Da flogen schon mal Suppenteller durch die ge-öffneten Fenster und zerbarsten auf dem Straßenpflaster, so dass die Polizei schlichtend eingreifen musste. Und doch lebten hier auch ordentliche, anstän-dige Leute, die nicht das klassische Schema des „Glasscherbenviertels" erfüll-ten. Die Familie von Robert lebte friedlich in diesem Milieu, vor allem auch aus finanziellen Gründen, aber auch weil ihnen die Gegebenheiten des Viertels das Leben erträglich und annehmbar machten: Es war vielfach alles vorhanden, was die Leute zum Leben brauchten. Alleine in der Lederergasse gab es drei Wirts-häuser. Hier konnten die Männer zum Stammtisch oder nach Feierabend zu einem Bier gehen oder sie ließen sich eine Mass, eine Halbe oder einen Schop-pen nach Hause bringen. Vater Max ließ sich nach getaner Arbeit, oder wenn er auf Heimaturlaub war, gerne von einem seiner Söhne einen Schoppen zum Abendessen bringen. Eine der Gaststätten war nur 30 Meter entfernt, und so holte Sohn Max, oder später auch Robert, in einem Bierkrügerl an der Schenke einen Schoppen. Mehr leistete sich Vater Maximilian nicht. Zudem war das Bier manchmal recht dünn, weil die Buben schon unterwegs einen Schluck tranken und unten im Hof am Wasserhahn den fehlenden Schluck auffüllten. Der Vater nahm es gelassen und bemerkte nur beiläufig: „Heute ist es wieder ein arges Dünnbier; wird von Mal zu Mal schlechter."

In der Lederergasse gab es zudem einen Bäcker und zwei Kramerläden, einer davon direkt gegenüber dem Wohnhaus. Fast täglich wurde eines der Kinder zum Einkaufen geschickt. In der kleinen Wohnung gab es keine Speisekammer und auch noch keinen Kühlschrank. Deshalb musste alles täglich frisch eingekauft werden und das auch nur in kleinen Mengen, da das Haushaltsgeld sehr begrenzt war. Auch ein Obst- und Gemüsegeschäft befand sich in der Lederergasse – und, man möchte es nicht glauben, sogar eine Holz-/Kohlehandlung. Briketts oder Eierkoks, Holzscheite und Spanhölzer zum Anfachen des Herdfeuers konnten in der an der Lederergasse angrenzenden Handlung erworben und mit dem Leiterwagen heimtransportiert werden. Diese Aufgabe mussten die Geschwister gemeinsam erledigen. Und, man staune: Am Ende der Lederergasse Richtung Osten befand sich sogar eine Möbel- und Sargschreinerei mit Sarglager. Mit Unbehagen gingen die Geschwister verständlicherweise an diesem Haus vorbei. Der Gedanke an den Tod und an eine Leiche löste bei ihnen Furcht und Angst aus, und eine kalte Gänsehaut lief ihnen schaurig über den Rücken. Auch die Erwachsenen waren froh, wenn sie das Angebot der Schreinerei nicht in Anspruch nehmen mussten. Noch ahnte am Neujahrstag 1944 niemand in der Familie, dass im Laufe des neuen Jahres ein kleiner schneeweißer Sarg benötigt werden würde, weil ein Familienmitglied darin liegen und bestattet werden sollte.

In der Nähe des Wohnhauses war auch noch der Leonhardi-Kindergarten, den Maxl, Marga und Robert vom 3. bis zum 6. Lebensjahr besuchten. Nicht immer gern, da ihr Zuhause gleich um die Ecke war. Und da Mutter und Oma keinem Beruf nachgingen und daheim waren, sahen die Geschwister nicht ein, wieso sie nicht im Wohnhaus bleiben konnten. Viel lieber hätten sie zuhause gespielt. Die St. Leonhardi-Kirche war ebenfalls nur einige Schritte entfernt und wurde besonders gern von den Kindern im Marienmonat zur täglichen Maiandacht aufgesucht. Auch die Stadtpfarrkirche Herz Jesu neben der Mädchen- und Knabenschule, genannt Kreuzschule nach dem Dominikanerinnenkloster Hl. Kreuz, war fußläufig zum Sonntagsgottesdienst leicht zu erreichen.

In diesem kleinen Kosmos war alles da, und in der Welt der Kinder war das ganze Viertel ein Erlebnis- und Abenteuerspielplatz: Die Lederergasse, das Kuhgässchen, der Herrenplatz, die Hundsumkehr, der Herzogspark und die Holzlände mit dem Donauuferbereich luden auch ohne die zur heutigen Zeit üblichen Spielgeräte und Spielplätze zum Spielen und Herumtollen ein. Wenn es die Schul- und Hausaufgaben-freie Zeit erlaubte, spielten die Kinder nachmittags auf der Straße verschiedene Spiele: Völkerball, Fuß- und Handball, den Ball hoch auf die Hauswand werfen mit Abklatschen, Hüpfspiele, Seilspringen, mit Murmeln, Räuber/Gendarm oder Indianer/Cowboy oder Verstecken oder Kaiser-wieviel-Schritte-darf-ich-gehen. Fast jedes Haus hatte einen Leiterwagen, um damit kleinere Transporte durchzuführen, wie Kohlen- oder Kartoffelsäcke nach Hause zu fahren, denn ein Auto hatten nur wenige, gut betuchte Leute. Aber in Zeiten der Diesel- und Benzinrationierung war es sowieso verboten, damit zu fahren. Den Leiterwagen benutzten die Kinder auch, um sich von den Größeren ziehen zu lassen. Ein Kinderfahrrad hatte auch selten ein Kind, dafür durfte man die ersten Fahrübungen mit dem großen Damenrad der Mutter unternehmen, auch wenn man sich noch nicht auf den Sattel setzen, sondern nur stehend tretend einige Runden drehen konnte.

Und noch einen anderen Spaß hatten die Kinder damals: In heißen Sommermonaten fuhr ein städtischer Wasserspritzwagen durch die Gassen, denn in den engen Häuserzeilen heizte die Temperatur sich besonders unangenehm auf. Barfuß, in kurzer Hose, liefen die Kinder gerne hinter dem fahrenden Spritzwagen her, um sich mit dem kalten Nass abzukühlen. Oder wenn das Brauereipferdefuhrwerk zur Gaststätte fuhr und dort neben den Bierfässern große Eisstangen zum Kühlen des Bieres abgeladen wurden, fielen immer Bruchstücke davon auf das Pflaster. Auf diese warteten die Kinder schon, klaubten sie auf und lutschten daran.

Aber nach einigen Stunden war die Spielzeit zu Ende, denn beim Gebetläuten musste jedes Kind schleunigst zuhause sein. Da gab es keine Widerrede, bei Dunkelheit sollte kein Kind mehr auf der Straße sein. Es gab zwar Gaslaternen, aber deren funzeliges Licht spendete kaum Helligkeit. In den Nächten zu Zeiten der Luftangriffe durfte in der Stadt sowieso kein Licht brennen, damit die feindlichen Bomber ihr Ziel nicht so leicht finden konnten. Deshalb musste jede Wohnung die Fenster verdunkeln, womöglich keine elektrische Lampe einschalten, sondern höchstens bei Kerzenschein sich um den Tisch versammeln oder es sich auf der Ottomane bequem machen. Dann hörten alle Marsch- oder Volksmusik aus dem Radio, genannt Volksempfänger, oder Musik von einer Schallplatte vom Grammophon. Während die Mutter die Löcher in den Strümpfen stopfte, durfte man auch ein Buch lesen: die Kleinen Struwwelpeter, die Größeren Abenteuergeschichten aus den Bänden Karl Mays. Ein Buch war nicht billig und daher wertvoll, wurde deshalb sorgsam behandelt, damit es auch die jüngeren Geschwister später noch benutzen konnten. Außerdem konnte die Familie noch Kartenspiele, wie „Schwarzer Peter", oder Brettspiele, wie „Mensch ärgere dich nicht", spielen. Oder mit Buntstiften ein Bild malen oder etwas basteln, z.B. Laubsägearbeiten. In den Sommermonaten und an den schulfreien Tagen war bei schönem Wetter auch ein Freibadbesuch in den Schwimmbädern an der Donau möglich, sofern die Luftangriffe es zuließen und nicht dazwischen kamen, um der Jugend den Spaß zu verderben.

Die Luftangriffe auf Regensburg

Die Luftangriffe und der Bombenhagel auf Regensburg hatten nicht die zerstörerische Wirkung wie in anderen deutschen Großstädten. Obwohl Regensburg die Messerschmitt-Werke, einen Ölhafen und einen wichtigen Eisenbahnknoten hatte, die hauptsächlich dem Bombardement ausgesetzt waren, blieb die historisch wertvolle Altstadt mit dem gotischen Dom weitgehend unbeschädigt. Bis Mitte 1944 waren nur 23 Gebäude total beschädigt, 10 schwer, 47 mittelschwer und 119 leicht. Das Haus, in dem die Familien Kuhn und Diller wohnten, blieb bis dahin unbeschädigt. Doch litten vor allem die Kinder unter den immer wiederkehrenden Luftangriffen. Das grelle furchteinflößende Heulen der Sirenen ging allen durch Mark und Bein. Das Minuten später folgende Dröhnen der Bomberstaffeln und das furchterregende Einschlagen der explodierenden Bomben waren verstörende, einprägende Momente für die Kinderseelen. Denn selbst im schützenden Luftschutzkeller hörte und spürte jeder die dumpfen lauten Bombeneinschläge in der Nähe. Ängstlich drückten sich die Kinder an die Mutter oder Großmutter, wenn die Druckwellen selbst die massiven Luftschutzkeller zum Vibrieren und Wanken brachten. Besonders der sensible Robert litt bei den Bombenabwürfen Höllenqualen. Bereits als Dreijähriger musste er die ersten zerstörerischen Angriffe der britischen Luftwaffe im September 1940 und einige Monate später im Januar 1941 erleben, auch wenn sich diese mehr auf den Ölhafen richteten. Den schwersten und furchtbarsten Luftangriff mit 126 US-Bombenflugzeugen musste er als Fünfjähriger am 17. August 1943 zitternd und weinend im Bunker durchleiden. Denn das Zielgebiet des Angriffs war nicht weit entfernt: Es waren die Messerschmitt-Werke in Prüfening. Den Bewohnern Regensburgs bot sich nach dem Ende des Bombardements ein grauenvolles Bild: Unter den Trümmern des völlig zerstörten Luftfahrt- und Rüstungsbetriebes wurden 402 Tote geborgen, darunter 92 jugendliche Lehrlinge, und 243 Verletzte. Die massiven Gebäudeschäden blieben auch Kinderaugen nicht verborgen. Auch 1944 musste Robert zwei kurz aufeinander-folgende Luftangriffe der Amerikaner im Monat Februar mit 19 Toten und 31 Verletzten miterleben. Allein am 25. Februar 1944 flogen 400 Bomber über Re-gensburg hinweg und warfen 3.227 Sprengbomben und 2.664 Brandbomben ab. Bei so einem Angriff ist einmal Folgendes passiert: Als Margarete mit ihren Kindern im Luftschutzkeller am Nonnenplatz ankam, bemerkte sie, dass sie vor Aufregung und Hetze die kleine Maria in ihrem Bettchen schlafend vergessen hatte. Zu Maxl, Marga und Robert rief sie: „Geht schnell in den Keller, ich habe Maria vergessen und muss sie schnell noch holen." Mit den Worten: „Sie kön-nen jetzt nicht mehr zurück, hören Sie nicht schon das Dröhnen der Flugzeu-ge?", wollte der Luftschutzwart sie zurückhalten. Doch in panischer Angst um ihre kleine Tochter lief sie ins Wohnhaus zurück und holte Maria aus dem Git-terbett und trug sie in eine wärmende Decke eingewickelt in den Luftschutzkel-ler.

Das Militärschwimmbad am Unteren Wöhrd

Im Stadtbereich von Regensburg teilt sich die Donau durch zwei Inseln in zwei Arme, einen Südarm und einen Nordarm. Die Inseln unterteilen sich: in die westliche, genannt Oberer Wöhrd, und in die östliche, genannt Unterer Wöhrd. Die beiden Inseln werden durch einen Steindamm, genannt Beschlächt, mitein-ander verbunden. Im Jahre 1902 wurde am Nordufer des Unteren Wöhrds eine Militärschwimmschule am Ufer und in der Donau errichtet. Es diente den Sol-daten zur Schwimmausbildung. Später durften auch Zivilisten das Schwimmbad benutzen. 1936 wurde es von der Schiffswerft Ruthof auf ein 58 Meter langes und 16 Meter breites Schwimmbecken, das in drei kleineren Becken unterteilt war, ausgebaut. Dieser Schwimmkörper war am Ufer fest verankert und schwamm auf Potons (luftgefüllte längliche Metallkörper oder Fässer), ähnlich einer schwimmenden Plattform (Plateaus), auf dem Wasser der Donau. Die drei

Becken wurden umrandet von darauf gebauten Holzstegen, auf denen die Badenden gehen und von da aus ins Wasser hüpfen konnten. Eingefasst wurden die äußeren Holzstege mit einem Geländer zur Sicherheit, damit niemand in den Donaufluss hineinfallen konnte. Die Becken selbst waren mit Holzbrettern am Boden ausgelegt, in unterschiedlichen Tiefen. Das Wasser der Donau konnte seitlich durch Spalten in und durch die Becken fließen. Im Nichtschwimmerbecken konnte ein Schulkind der 1. Klasse so stehen, dass ihm das Wasser bis zum Nabel reichte und es eigentlich nicht untergehen bzw. gefahrlos im Wasser plantschen und spielen konnte. Von und zu den Schwimmbecken führte ein weiterer Holzsteg auf die höher gelegene Liegewiese. Auf mitgebrachten Decken konnten sich die Badenden hier niederlassen, ein Sonnenbad nehmen, sich ausruhen und erholen. Auf der Wiese bestand zudem die Möglichkeit für Ballspiele. Die Buben spielten gerne Fußball und die Mädchen Federball. Für Umkleiden und Toiletten gab es ein größeres Holzhaus. Das Militärschwimmbad wurde nach der Neugestaltung im Jahre 1936 und, weil es zunehmend zivil genutzt wurde, umbenannt nach dem Betreiber des Schwimmbades in ‚Strandbad Oberndorfer'. Anfang der Fünfziger Jahre wurde das Strandbad aufgelassen. Im fraglichen Uferbereich finden sich heute keine Spuren mehr.

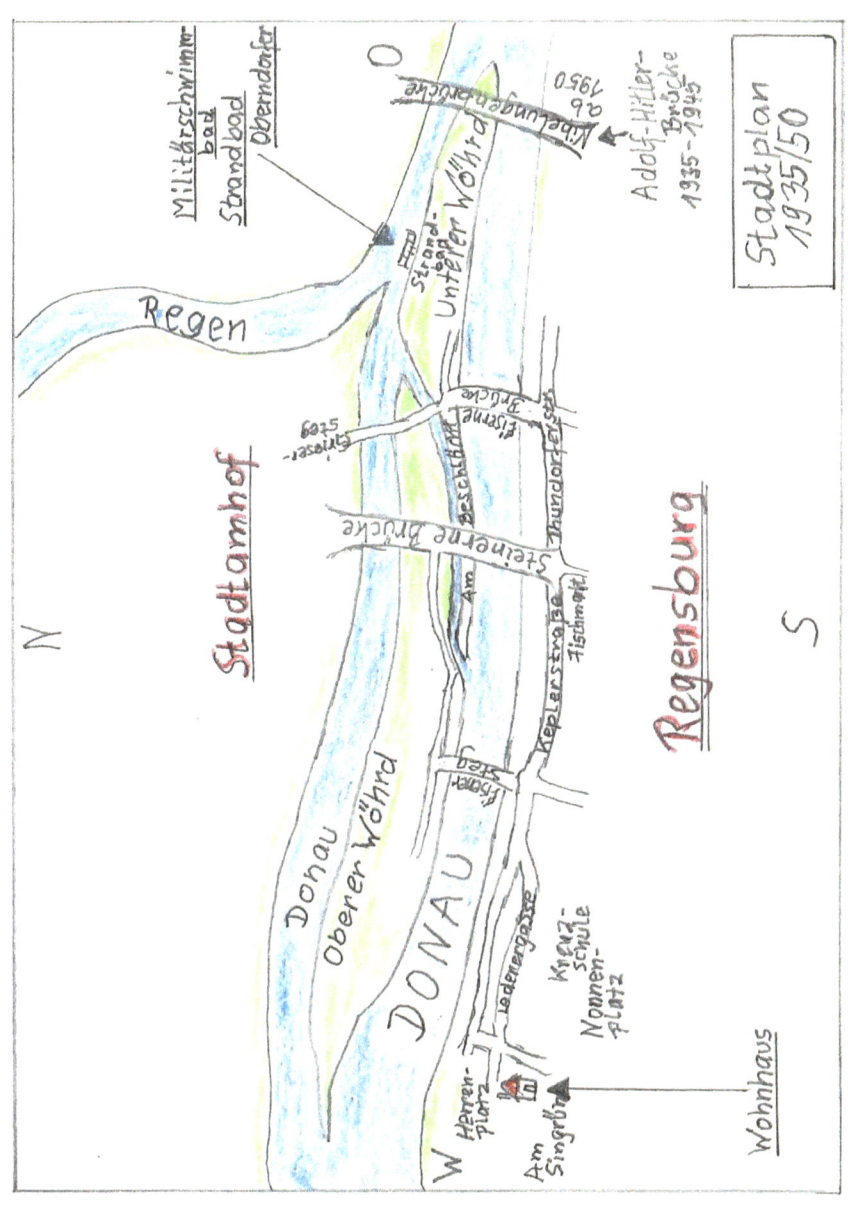

Stadtplan von Regensburg zur damaligen Zeit.

Strandbad Oberndorfer, Regensburg

Der verhängnisvolle Tag

Während der Woche hatte es an einigen Tagen geregnet und die Temperaturen bewegten sich um die 16 Grad. Doch für Sonntag, den 25. Juni, verkündete der Wetterbericht meist sonniges Wetter mit einzelnen Wolkenfeldern bei warmen Temperaturen um die 24 Grad. Wie aus einem Mund riefen Maxl und Marga schon am Samstag, als sie aus dem Volksempfänger in der Küche die günstige Wettervorhersage hörten: „Mama, bitte, wir wollen am Sonntag zum Baden gehen." Die Mutter erwiderte: „Das geht doch nicht, Eure Schwester Maria ist doch erst zwei Jahre alt. Wenn ich mit Euch allen zum Strandbad gehen soll, dann ist dies ein viel zu großer Aufwand: die ganzen Badesachen, zwei Decken, Brotzeiten und Getränke – all das müsste ich mitschleppen und den Kinderwagen auch noch schieben. Auf dem Kopfsteinpflaster tue ich mir das nicht an. Wenn Vater da wäre, dann ja, aber so, nein." „Aber dann lass uns Große doch wenigstens gehen. Wir treffen uns dort mit den Schulfreunden. Die dürfen doch auch. Wir haben es mit ihnen schon ausgemacht." Die Mutter war nicht begeistert: „Und, was ist, wenn wieder Luftangriffe sind und die Bomben fallen?" „Aber Mama, die letzten großen Bombenangriffe waren doch im Februar, das ist schon vier Monate her. Außerdem haben die Feinde damals hauptsächlich die Messerschmitt-Werke bombardiert. Die werden doch keine Badeanstalt angreifen. Und wenn, dann flüchten wir uns in den nächstgelegenen Luftschutzbunker, wenn die Sirenen heulen sollten. Jetzt sag' schon ja!" „Also gut", ließ sich die Mutter breitschlagen, „aber Ihr müsst den Robert mitnehmen. Er soll auch Spaß haben und endlich Schwimmen lernen und die Angst vor dem Wasser verlieren." „Muss das sein?", meinte der 13-jährige Maxl, „ich will doch mit meinen Freunden Fußball spielen auf der Wiese." Die zehnjährige Marga ergänzte: „Bei meinen Freundinnen kann ich Robbi auch nicht brauchen. Lass ihn doch zuhause." Bestimmend sagte die Mutter: „Nichts da, entweder Ihr nehmt Euren Bruder mit oder Ihr könnt den Schwimmbadbesuch vergessen. „Aber er will doch sicher gar nicht mit, oder Robbi?", meinte Maxl. Robert überlegte nicht lange: „Doch, ich geh' mit; im seichten Kinderbecken passiert mir nichts und da habe ich keine Angst." „Schaffst Du mit Deinen kleinen Kinderfüßen überhaupt den Gehweg, denn der ist mindestens einen Kilometer lang", gab Marga zu bedenken. „Doch, doch!", erwiderte Robert. Damit war die Sache ausgemacht und die beiden Großen fügten sich.

Am Sonntagvormittag packten Maxl, Marga und Robert ihre Badesachen in je eine Umhängetasche ein, dazu jeder eine Brause und ein Butterbrot. Maxl nahm noch seine Kudern zum Fußballspielen mit. „Aber eins sage ich Euch, Ihr geht nicht über den Eisernen Steg und übers gefährliche Beschlächt ins Strandbad, sondern die Lederergasse entlang, dann durch die Kepler- und Thundorferstraße und dann über die Eiserne Brücke. Ist das klar?! Und wehe, Ihr würdet heimlich auf die Schillerwiese statt ins Strandbad gehen, das verbiete ich Euch strikt, denn in der frei fließenden Donau könnte Robert ertrinken", gab ihnen die Mutter als Anordnung mit auf den Weg. Und noch eine weitere Ermahnung: „Ihr passt bitte aufeinander auf, dass keinem etwas zustößt oder passiert." Mit einem „Pfüad God" war Abmarsch. Mutter Margarete war einerseits froh, die Rasselbande für einige Stunden beim Baden gut aufgehoben zu wissen, andererseits hatte sie natürlich Angst um ihre Kinder. Doch jetzt war es für einige Stunden in der kleinen Wohnung ruhiger und sie konnte ein wenig durchschnaufen und sich um die kleine Maria kümmern.

Am Oberndorfer Strandbad angekommen, suchten sie sich auf der Liegewiese ein freies Plätzchen und breiteten die mitgebrachte Wolldecke aus. Die Kleidung – kurzärmeliges Hemd, kurze Hose und Sandalen – war schnell abgelegt, denn zuhause hatten sie Badeanzug bzw. Badehose schon angezogen. So ersparten sie sich den Gang zu den Umkleidekabinen. Und dann liefen alle drei zuerst zu den Badebecken die Treppe hinab. Zuerst begaben sie sich in das Nichtschwimmer-Kinderbecken – hier war das Donauwasser wärmer. Später trennten sich ihre Wege: Maxl und Marga hüpften in die Schwimmerbecken. Dort trafen sie auf ihre Freunde und Freundinnen und vergnügten sich miteinander. Eines der Mädels hatte einen aufgeblasenen Luftbadeball dabei. Den warfen sie sich gegenseitig zu bzw. ein Mädchen musste sich in die Mitte stellen und musste versuchen, diesen abzufangen. Die Buben machten im Wasser, wo sie noch stehen konnten, sogenannte Reiterkampfspiele. Auf je einen Buben setzte sich auf dessen Schultern ein anderer Junge und so versuchten sie, sich gegenseitig abzuwerfen. Und wenn einer von der Schulter rutschte und ins Wasser plumpste, dann spritzte es gewaltig und es gab ein Gekreische und Gejohle unter allen Beteiligten.

Nach einiger Zeit begaben sich alle, auch Robert, aus dem Wasser, trockneten sich mit dem Handtuch ab und legten sich auf die Decke. Aber nicht allzu lange dauerte die Ruhepause, denn mit Sonnenbaden hatten die Kinder nichts am

Hut. Es war ihnen schlichtweg zu langweilig. Jetzt versammelten sich einige mit Maxl auf einem freien Platz zum Fußballspielen. Maxl holte seine Kudern aus der Badetasche, und es entwickelte sich ein munteres Spiel mit seinen Kameraden. Zwei Kleidungsstücke zusammengeballt markierten rechts und links im Abstand von zwei Metern das provisorische Tor. Einige Mädels holten Marga ebenfalls zu einem Ballspiel ab, allerdings nicht Fußball, sondern Völkerball. Robert wollte eigentlich bei den Buben mitspielen, diese lehnten jedoch ab: „Maxl, Dein Bruder ist doch noch viel zu klein, er soll was anderes machen, hier können wir ihn nicht brauchen, er stört nur. Und wenn wir ihn dann im Zweikampf um den Ball foulen, dann heult er gleich wieder." So blieb dem Robert nichts anderes übrig, als sich zu trollen. Auf der Decke liegen wollte er auch nicht und so begab er sich wieder ins Kinderbecken. Dort hoffte er, auf Schulkameraden oder Spielfreunde zu treffen.

Das Todesdrama

Tatsächlich traf er einen Mitschüler aus der 1. Klasse, der im Nichtschwimmer-Becken Schwimmzüge ausprobierte. Dessen Vater – mit fiktivem Namen Frank – stand am Beckenrand und gab seinem Sohn Anweisungen, wie er beim Brustschwimmen die Arme bewegen sollte. Robert, der bis zum Bauchnabel daneben im Wasser stand, schaute kurz zu und versuchte ebenfalls die Schwimmzüge nachzumachen. Mit den Füßen am Beckenboden bleibend und den Oberkörper nach vorn gebeugt vollzog Robert die Armbewegungen, als würde er das Schwimmen schon beherrschen. Dann bewegte er seine Füße und schritt Schwimmen markierend durch das Becken. Er hatte sichtlich Spaß daran. Doch plötzlich verlor er den Halt unter den Füßen. Schon fast im Wasser versinkend konnte er noch kurz „Hilfe" rufen. Und dann war nichts mehr von ihm zu sehen. Frank, der seinen Sprössling beobachtete, hatte im Augenwinkel das unheilvolle Geschehen mitbekommen. Er konnte sich zuerst keinen Reim darauf machen, hüpfte schließlich doch ins Becken, um Robert zu helfen. Doch auch er tappte mit einem Bein in ein unerklärliches Loch. Schwankend auf einem Bein stehend, dämmerte es ihm: „Der Junge ist in der Donau untergegangen". Schnell sprang er aus dem Becken, schaute in den frei fließenden Fluss und konnte noch kurz den Jungen unter der Wasseroberfläche treiben sehen. Er kletterte über das Geländer des Stegs und sprang kopfüber in die Donau. Untertauchend im trüben Wasser konnte er Robert kaum mehr erkennen. Für einen kurzen Moment sah er ihn noch. Dann griff er mit einer Hand nach dem Ertrinkenden und erwischte jedoch nur einen Büschel der Kopfhaare. Da der Strom an dieser Stelle bis zu drei Meter tief war und schnell fließend, war es Frank nicht möglich, den Jungen festzuhalten. Dessen Haare, und damit sein Körper, entglitten seiner Hand – und dann verschwand der Junge in den reißenden Fluten. Seine mutige Rettungstat war vergebens. Obwohl er noch mehrmals im treibenden Fluss untertauchend nach ihm Ausschau hielt, konnte er ihn nicht mehr finden. Nach 50 Metern flussabwärts schwamm Frank ans Ufer und kletterte erschöpft die Böschung empor. Unterdessen wurden auch andere Badegäste auf das unheilvolle Geschehen aufmerksam und beobachteten den Rettungsversuch. Bademeister und Badeaufsicht eilten hinzu und befragten den zurückhechelnden Frank. „Ein Junge ist in der Donau ertrunken. Konnte ihn nicht mehr retten", sprudelte es aus dem erschöpften Frank hervor. Auch der Betreiber des Strandbades kam hinzu und gab die Anweisung, mit einem Kahn nach dem Buben zu suchen. Die Badeaufsicht ließ das Boot einige 100 Meter die Donau abwärts gleiten und die darin sitzenden Männer versuchten, mit Stangen und den beiden Ruderblättern nach dem Ertrunkenen zu fischen. Doch alle Bemühungen waren vergebens und so stellten sie nach einer Stunde die Rettungsversuche ein und ruderten zurück zum Strandbad. Als der Betreiber sie befragte, zuckten sie nur traurig mit den Schultern.

Schnell verbreitete sich unter den Badegästen die traurige Nachricht. Auch Marga hörte vom Ertrinkungstod eines Jungen. Sie lief besorgt zu Maxl und erzählte ihm das Gehörte. „Komm, wir müssen nach Robert suchen, es wird ihm doch hoffentlich nichts passiert sein!", rief erschrocken Marga aus. Sie suchten zuerst auf der ganzen Liegewiese nach ihm und dann auch im Wasserbecken. Trotz intensiver Suche fanden sie Robert nicht. Beide liefen nun zum Bademeister und berichteten ihm von der vergeblichen Suche nach ihrem Bruder. „Ja, es ist ein Kind ertrunken, vielleicht ist es Euer Bruder", meinte der Bademeister und fuhr fort: „Wartet noch eine halbe Stunde, und wenn er sich nicht meldet, dann wird es vermutlich Euer Bruder sein. Und dann geht nach Hause und meldet es Euren Eltern. Es war ein Unglück, vielleicht ist er verbotenerweise auf dem Geländer gesessen und in die Donau gefallen." Frank, der nur unweit stehend das Gespräch mitanhörte, mischte sich ein und erklärte: „Nein, so war es nicht. Euer Bruder war im Nichtschwimmer-Becken und ist dort untergegangen. Da muss ein Loch sein, denn ich selbst bin beim Rettungsversuch hineingetappt." „Unmöglich, kann nicht sein", erwiderte voller Überzeugung der Bademeister. „Kommen Sie mit und überzeugen Sie sich selber", forderte Frank ihn auf. Sie stiegen in das seichte Badewasser und wateten zu der Stelle. Und tatsächlich, es war nicht nur ein Loch, durch das Robert rutschte, sondern es fehlte ein ganzes Brett. Sofort ließ der Betreiber des Bades das Nichtschwimmer-Becken für die weitere Nutzung sperren. Frank regte sich furchtbar auf: „Wie kann so etwas möglich sein? Mein eigenes Kind hätte da auch hineintappen können! Wieso hat das keiner kontrolliert? Das wäre doch die Aufgabe der Badeaufsicht gewesen, vor Öffnung der Anstalt die Sicherheit zu überprüfen!" Betreiber und Bademeister redeten sich jedoch heraus: „Wer denkt denn an sowas, dass ein Brett fehlt? Vielleicht war es morsch oder wurde von jemandem herausgerissen, oder bei einem Bombenangriff fiel ein Betonbrocken darauf und zerstörte es. Wir können nichts dafür, denn in gewissen Zeitabständen kontrollieren wir selbstverständlich die Becken." Marga und Maxl hörten das Gespräch mit Entsetzen und mit weit aufgerissenen Augen mit. Beide standen kreidebleich da. Ein kalter Schauer lief ihnen über den Rücken. Sie zitterten am ganzen Körper.

Trauer und Wut, nagende Ungewissheit

Als Maxl und Marga sich aus ihrer Schockstarre wieder lösen konnten, zogen sie ihre Straßenkleidung an, packten die mitgebrachten Badeutensilien und die Kleidung von Robert zusammen und trotteten mit einem Kloß im Hals und fröstelnd nach Hause. Beiden liefen unterwegs unentwegt die Tränen über das Gesicht, und immer wieder hörte man von beiden ein unterdrücktes Schluchzen. „Was wird wohl die Mama dazu sagen?", jammerten sie abwechselnd. „Und was wird erst der Vater mit uns machen?" „Da wird es Hausarrest, Schläge und wochenlangen Streit geben", meinte Maxl. Da kam Maxl auf die Idee: „Weißt was, Marga, wir gehen zuerst zur Oma und berichten ihr vom Unglück." Leise schlichen sie sich unbemerkt in das Wohnhaus und klopften zuerst im 1. Stock an der Türe der Oma. Diese öffnete die Eingangstüre und sah sofort die verweinten Gesichter ihrer Enkelkinder. „Kommt rein und beichtet, was vorgefallen ist!" An so ein schlimmes Geschehen dachte sie natürlich nicht. Stotternd, schluchzend und weinend berichteten sie der Oma über das Vorgefallene. „Um Gottes Willen, Jessas, Maria und Josef!", entfuhr es der zutiefst erschrockenen Großmutter: „Was Schlimmeres hättet Ihr mir nicht sagen können, so ein Unglück, wo war denn da Roberts Schutzengel? Weiß es die Mutter schon?" „Nein", sagte Marga, „wir sind zuerst zu Dir gekommen, weil wir Angst haben, es ihr zu erzählen. Geh' Du bitte zur Mama." Die Großmutter begab sich nebenan zu ihrer Tochter Gretl und erklärte ihr, sie solle sich zuerst einmal auf einen Stuhl setzen. „Was ist denn los, gibt es irgendwelche Neuigkeiten? Nun red' schon!", entfuhr es Gretl erwartungsvoll. „Gretl, ich muss Dir jetzt eine sehr traurige Nachricht überbringen." Sie konnte nicht weitersprechen, denn schon fiel ihr Gretl ins Wort: „Nun sag' schon, ist er etwa gefallen, mein Mann?" „Nein, das nicht, aber der Robert ist in der Donau ertrunken", konnte die Großmutter nur noch im Flüsterton stockend hervorbringen. Margarete schrie laut auf, brach in Tränen aus und sprang vom Stuhl hoch, so dass dieser krachend umfiel. „Wie konnte so etwas passieren? Es waren doch der Maxl und die Marga dabei! Wieso haben sie nicht besser aufgepasst?" „Gretl, beruhige Dich, Deine Kinder können nichts dafür, sie sind unschuldig. Im Kinderbecken fehlte ein Holzbrett im Boden und da ist Robert hindurchgerutscht. Selbst wenn Marga und Maxl daneben im Wasser gestanden hätten, wäre es für sie unmöglich gewesen, helfend einzugreifen. Und selbst wenn Du im Becken gestanden wärst, hättest Du ihn nicht retten können. Du kannst ja selber nicht schwimmen. Es war ein Unglück. Ich hol' jetzt Deine Kinder und bitte mach' ihnen keine großen Vorwürfe, sie stehen unter Schock und leiden fürchterlich. Du kannst sie nicht dafür verantwortlich machen, sie sind unschuldig." Die Oma holte ihre zwei Enkelkinder in die elterliche Wohnung und redete weiter beruhigend auf alle Familienmitglieder ein. „Ich muss morgen sofort eine Depesche aufgeben, um es meinem Mann und Eurem Vater mitzuteilen. Es wird ihn furchtbar treffen und er wird mir zeitlebens wohl dafür Vorwürfe machen. Hoffentlich bekommt er Heimaturlaub und kann wenigstens zur Beerdigung kommen. Haben sie mein Kind schon gefunden oder wird man ihn überhaupt nicht mehr finden?", überlegte Margarete. „Noch nicht", stotterte Maxl. „Es wird wohl Tage dauern, bis er irgendwo flussabwärts ans Ufer gespült wird", plapperte Maxl mit tränenerstickter Stimme den Wortlaut nach, den er im Schwimmbad von den Rettungskräften gehört hatte.

Die Schuldfrage und keine Anklage

Im Mehrfamilienhaus der Großmutter blieb das Wehgeschrei nicht ungehört. Und so klopfte irgendwann die Schwägerin von Gretl an die Türe und wollte sich erkundigen: „Ist irgendetwas Schreckliches vorgefallen, weil im ganzen Haus Euer Geschrei zu hören ist?" Da Gretl immer noch wie betäubt versunken am Küchentisch saß, erzählte ihr die Oma von den furchtbaren Ereignissen. Schwägerin Anni wurde kreidebleich und Tränen rannen ihr übers Gesicht. Sie umklammerte Gretl und versuchte, sie ebenfalls zu trösten. Die Trauer der zutiefst verwundeten Mutter verwandelte sich jedoch plötzlich in Wut und Zorn: „Morgen gehe ich zur Gendarmerie und erstatte Anzeige! Der Betreiber oder die Aufsicht sind Schuld am Tod meines Buben! Die müssen dafür bestraft werden und hinter Gitter kommen! Büßen sollen sie für den Tod meines Buben!" In diesem Moment rückte Anni von Gretl ab und sprach: „Das kannst Du nicht machen. Du darfst keine Anzeige erstatten. Der Betreiber des Strandbads ist doch ein Verwandter von mir, das weißt Du doch. Der würde es mir nie verzeihen, wenn ich Dich nicht davon abhalten würde. Gretl, der verliert womöglich seine Existenz, und seine ganze Familie würde darunter leiden. Was hast Du davon, wenn er für einige Jahre ins Gefängnis muss? Davon wird Dein Robert auch nicht mehr lebendig. Niemand wird wohl herausfinden, warum das Brett fehlte. Mein Verwandter wird sich wohl selbst zeitlebens mit Schuldgefühlen herumplagen und ist damit gestraft genug."

Schließlich pflichtete auch die Oma der Anni bei: „Nur der Herrgott weiß, warum dies geschehen ist und ob jemand daran schuldig geworden ist. Rache zu üben, ist unchristlich. Nur wer verzeiht, findet den inneren Frieden. Wir sollten viel lieber für den verstorbenen Robert beten und auch für jene, die vielleicht an seinem Unglück schuld sind, damit auch sie Vergebung finden. Kommt, wir zünden für Robert im Herrgottswinkel eine Kerze an, für sein Seelenheil und dass er bald gefunden wird. Er soll schließlich ein würdiges christliches Begräbnis bekommen."

Drei Tage später wurde in der Tageszeitung ‚Regensburger Kurier' in der Spalte ‚Stadtnotizen' auch die Bevölkerung über das Badeunglück informiert. Allerdings war diese menschliche Tragödie der Presse nur ein kleiner Vierzeiler wert: „Beim Baden ertrunken. In der Militärbadeanstalt ertrank am Sonntag der sechsjährige Knabe Robert Diller aus Regensburg. Die Leiche konnte noch nicht geborgen werden."

Stadtnotizen

Verdunkelungszeiten: Beginn heute 22.37 Uhr, Ende morgen 4.20 Uhr.

Mordversuch an seinem Sohn. Der 46jährige Schuhmacher J. St. aus Regensburg versuchte in einem Anfall geistiger Umnachtung seinen 14jährigen Sohn A. St. in der Werkstatt zu töten. Zu diesem Zweck verdunkelte er um die Mittagszeit plötzlich den Raum, ergriff den Jungen, preßte seinen Kopf gegen die Lederpreßmaschine und schlug mit einem Schusterhammer mehrmals mit größter Wucht auf den Kopf des bedauernswerten Knaben. Dieser erlitt schwere Verletzungen und wurde sogleich in die Kinderklinik eingeliefert. Wie wir hören, besteht keine Lebensgefahr. Der Mann ist in eine Heil- und Pflegeanstalt eingeliefert worden.

Beim Baden ertrunken. In der Militärbadeanstalt ertrank am Sonntag der sechsjährige Knabe Robert Diller aus Regensburg. Die Leiche konnte noch nicht geborgen werden.

Verkehrsunfall. Eine 30jährige Finanzamtangestellte...

„Beim Baden ertrunken". Stadtnotizen aus der Tageszeitung ‚Regensburger Kurier' vom Mittwoch, den 28.06.1944.

Leider verliert die Pressemitteilung kein Wort über die Umstände dieser Tragödie und lässt die Schuldfrage unbeantwortet. Ende der Woche wurde dann die nagende Ungewissheit zur traurigen Wahrheit: Bei Barbing wurde die Wasserleiche Roberts ans Ufer gespült und aufgefunden. Der Gendarmerieposten Donaustauf bestätigte schriftlich der Staatsanwaltschaft Regensburg den Ertrinkungstod Roberts. Diese wiederum stellte bereits am nächsten Tag das Verfahren ohne weitere Bemerkung ein. Es wurden auch keine näheren Angaben über Todeszeitpunkt und -ursache gemacht.

Staatsarchiv Amberg

Staatsarchiv Amberg · Archivstraße 3 · 92224 Amberg

Per E-Mail
Herr

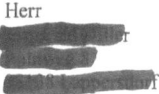

Ihre Nachricht vom Ihre Zeichen	Bitte bei Antwort angeben Unser Zeichen	Telefon	Amberg,
20.10.2020	StArchiv-AM-5051.11-962/1/2	(09621) 307-913	23.10.2020

Familienforschung Diller

Sehr geehrter Herr Diller,

die Generaldirektion der Staatlichen Archive Bayerns hat Ihre Anfrage zuständigkeitshalber an uns weitergeleitet.

In der Überlieferung von Polizei und Staatsanwaltschaft ließ sich kein Akt über den Tod Ihres Bruders Robert im Jahr 1944 ermitteln.

Gefunden wurde lediglich ein Eintrag mit der laufenden Nr. 927 in dem „Register für Vorverfahren für das Geschäftsjahr 1944" (Staatsanwaltschaft Regensburg 304). Demnach ging am 02.07.1944 bei der Staatsanwaltschaft Regensburg ein Schreiben des Gendarmeriepostens Donaustauf ein, wonach der Schüler Robert Diller von Regensburg ertrunken sei. Am 03.07.1944 wurde das Verfahren ohne weitere Bemerkung von der Staatsanwaltschaft eingestellt. Nähere Angaben über Todeszeitpunkt und -ursache werden nicht gemacht.

Mit freundlichen Grüßen
I.A.

Schreiben vom Staatsarchiv Amberg: Es liegt kein Akt über den Tod Roberts bei Polizei oder Staatsanwaltschaft vor. Nur im Register für Vorverfahren gibt es den Eintrag, dass der Gendarmerieposten Donaustauf den Ertrinkungstod Roberts schriftlich bestätigt und die Staatsanwaltschaft am darauffolgenden Tag, am Montag, den 03. Juli 1944, das Verfahren eingestellt hat.

Die Beerdigung Roberts

Nachdem Roberts Leiche aufgefunden, identifiziert, nach Regensburg ins Leichenhaus des Oberen Katholischen Friedhofs transportiert wurde und von der Staatsanwaltschaft keine Einwände vorlagen, durfte Robert beerdigt werden. Der Todesschein gibt als Sterbedatum Samstag, den 01. Juli 1944, an. Dies ist demnach sein Auffindedatum und zählte deshalb als sein Todestag. Der Auffindeort dürfte im Gemeindegebiet Barbing gewesen sein. Der Standesbeamte von Barbing stellte deshalb den Totenschein aus.

Totenschein von Robert.

Da mittlerweile Vater Maximilian eine Sonderurlaubsgenehmigung erhalten hatte und mit dem Zug aus Berlin angereist war, konnte die Beerdigung schon für Dienstag, den 04. Juli 1944, angesetzt werden. Außerdem musste eine aufgefundene Wasserleiche wegen der schnell fortschreitenden Verwesung alsbald bestattet werden. Mit einer kleinen Traueranzeige im ‚Regensburger Kurier' wurde allen, die Robert kannten, dessen Tod und sein Beerdigungstermin bekannt gegeben: „Durch Unglücksfall haben wir unser liebes Söhnchen und Brüderchen Robert im zarten Alter von nicht ganz 7 Jahren verloren. Beerdigung heute Dienstag 14.30 Uhr im oberen kath. Friedhof."

Durch Unglücksfall haben wir unser liebes Söhnchen und Brüderchen

Robert

im zarten Alter von nicht ganz 7 Jahren verloren.

Regensburg, den 4. Juli 1944.

In stiller Trauer: Max Diller mit Gattin Margarete, geb. Kuhn, nebst 3 Geschwister und Verw.

Beerdigung heute Dienstag 14.30 Uhr im oberen kath. Friedhof.

Todesanzeige von Robert im ‚Regensburger Kurier' vom Dienstag, den 04. Juli 1944.

Es war ein heiter bis leicht bewölkter Beerdigungstag bei 22 Grad, an dem der kleine Robert zu Grabe getragen wurde und seine letzte Ruhestätte auf dem Oberen Kath. Friedhof fand. Da die Beerdigung nachmittags um 14.30 Uhr stattfand, konnten auch einige Schulkameraden und die Lehrkraft an der Trauerfeier teilnehmen.

Den weiteren Ablauf der Trauerfeier und der Beerdigung möchte ich nicht weiter ausführlich beschreiben. Jeder kann sich bildhaft vorstellen, wie schwer den tieftrauernden Eltern, Geschwistern und Verwandten dieser letzte Liebesdienst für Robert gefallen ist. Vor allem wenn eine Mutter ihrem geliebten kleinen Kind ins offene Grab schauen muss. Es wird sicher herzzerreißend gewesen sein.

Der Vollständigkeitshalber sei noch erwähnt: Die Beerdigungskosten für Robert beliefen sich auf 46,80 Reichsmark und mussten sofort an das Kath. Kirchl. Bestattungsamt in bar bezahlt werden. Das war fast die Hälfte des Monatseinkommens der Familie – also für die damalige Zeit viel Geld. Ich nehme an, dass die Eltern die Beerdigungskosten alleine tragen mussten. Mir ist leider nicht bekannt, ob der Betreiber des Strandbades für die entstandenen Kosten aufgekommen ist; vermutlich nicht, denn das wäre ja einem Schuldeingeständnis gleichgekommen.

Nr. ~~2503~~ 2535   Regensburg, den 2. 7. 1944

Kath.kirchl. Bestattungsamt – R e g e n s b u r g
Minoritenweg 9/Or.–Tel.4551 –Postscheckkto.Nbg.
                                    Nr. 55725

Sofort zahlbar
ohne jeden Abzug   R e c h n u n g

f .... *Giller Robert, Schüler* ....

von *Marburg* .... Straße *(oberen Friedhof)* .Hsnr..

===

		RM	Pfg.
1. Aussegnung			
2. Beerdigung ~~mit Gottesdienst~~ II. Klasse	12.	80.
3. Ministranten	–	1.	50.
4. Sänger			
5. Bläser			
6. Friedhofgebühr . II. Klasse	27.	–
7. Dekoration im Leichenhaus . II. Klasse	5.	–
mit 2 Kerzen	1.	50
8. Kinderleichenträger			
9. Sektionsgebühren			
10. Einstellgebühren ....Friedhof			
	RM	46	80

RM 46.80.. bezahlt am .2.7...1944.

            Kath.kirchl. Bestattungsamt
                 im Auftrag

Rechnung vom Kath. Kirchl. Bestattungsamt Regensburg.

50

Schlussbemerkungen

Das Umschlag- bzw. das Titelbild zeigt meinen Bruder Robert im Jahre seines Todes 1944, im zarten Kindesalter von 6 Jahren und 7 Monaten. Es ist ein Ölgemälde auf Hartfaser- oder Sperrholz gemalt (Bildgröße ohne Rahmen 14,2 cm x 18,8 cm; in altgold glänzendem Rahmen 18 cm x 22,6 cm groß; Signatur: F. Aitnow 1944). Es ist eine Porträtmalerei vermutlich mit der Vorlage des Fotos vom Zoobesuch in Berlin, bei dem Robert auf einer Bank sitzend den Schwanz des Löwenjungen in Händen hält.

Der Porträtmaler hat Robert mit verschiedenfarbigen Grau- und Brauntönen umgeben, als würde er wie aus einer Nebelwand hervorgehen oder darin verschwinden. Ja, man könnte fast geneigt sein, anzunehmen und den Eindruck zu haben, als würde er in den angedeuteten dunklen, bräunlich-grauen Donaufluten untergehen. Er ist nur noch kurz sichtbar, aber kaum mehr greifbar, als würde er versinken in eine für uns nicht sichtbare Welt. Ein Bild, das die Traurigkeit des Unglücks vermitteln will und auch darstellt.

Bis auf ein paar Fotos und dieses wunderbare Porträtbild ist uns von unserem Bruder Robert nichts mehr geblieben. Er wurde uns auf tragische Weise genommen. Er ist jedoch nicht vergessen; unsere Gedanken und Gebete sind auch nach fast 80 Jahren noch bei ihm.

Leider habe ich meinen Bruder Robert nicht kennengelernt, da sich sein Tod sechs Jahre vor meiner Geburt ereignete. Mein Vater hat Gott sei Dank die Kriegsjahre und die Gefangenschaft überlebt. Meine Eltern haben, obwohl schon im höheren Alter (mein Vater mit fast 46 und meine Mutter mit 43 Jahren) und trotz der schwierigen Nachkriegsjahre, noch einmal Ja gesagt zu einem Kind – zu mir. Als fünftes Kind meiner Eltern kam ich 1950 auf die Welt und so bekamen sie noch einmal einen Sohn geschenkt. Als Vornamen gaben sie mir den zweiten Namen meines verunglückten Bruders: Siegfried. Einige Jahre später gebar meine Schwester Marga 1964 einen Buben und sie gab ihm den Vornamen Robert. Damit wollte Marga meine Eltern über den Verlust ihres Roberts hinwegtrösten. Und ich durfte Taufpate von meinem Neffen Robert sein. Letztendlich geht es um die Hoffnung, dass Roberts Tod nicht vergebens war. Vaclav Havel (†), der tschechische Intellektuelle und ehemalige Präsident, hat den Satz geprägt: „Hoffnung ist nicht die Überzeugung, dass etwas gut ausgeht, sondern die Gewissheit, dass etwas Sinn hat, egal wie es ausgeht."

Arier, arisch	Adolf Hitler und der Nationalsozialismus prägten die rassistische Vorstellung, dass nur Personen deutschen oder artverwandten Blutes als kulturschaffend höherwertig anzusehen sind. Die jüdische Rasse galt als minderwertig (Antisemitismus) und bedrohte in deren Augen die Arier durch die Rassenmischung.
Bärendreck	Lakritz (aus Süßholzsaft hergestellt)
Beschlächt	ein senkrecht abfallender Steindamm am Donaufluss, der die beiden Donauinseln, die Wöhrde, miteinander verbindet
Boulevards	breite Prachtstraßen
Calasanza	spanischer Heiliger und Ordensname eines Paters des Krankenhauses der Barmherzigen Brüder in den 30er Jahren
Deifi	mundartlich für Teufel, Satan
Depesche	veraltet für Telegramm
Donau	zweitgrößter und zweitlängster Fluss in Europa (Gesamtlänge 2.857 Kilometer); durchfließt zehn Länder; nördlichster Punkt in Regensburg
Dünnbier	Bier mit geringem Alkoholgehalt, hergestellt aus den benutzten Resten der Gerste oder des Weizens und des Hopfens; für ärmere Menschen gedacht; abschätzig als schlecht gebrautes Bier bezeichnet
Einwohnerzahl v. Rgbg.	In Regensburg waren 1938 gemeldet 86.709 Personen und 1944 bereits 102.235 Personen.
Fliegerhorst Obertraubling	Im Jahre 1937 wurde im Nordosten von Obertraubling, auf dem jetzigen Gebiet der Stadt Neu-

traubling, ein Militärflugplatz errichtet und im Herbst 1938 eine Fliegerhorst-Kompanie stationiert. Ende 1940 errichtete man auf dem Gelände eine weitere Produktionsstätte der Messerschmitt GmbH für den Bau und die Reparatur von Militärflugzeugen. Die vormals dort stationierte Kompanie wurde verlegt.

Glasscherbenviertel	abwertende Bezeichnung für ärmliche Stadtviertel/Wohngebiete mit sozial schwierigem Umfeld; Problemviertel; sozialer Brennpunkt; auffällig alte, baufällige Häuser mit kaputten Fensterscheiben, Glasscherben auf der Straße
Grammophon	Plattenspieler
Gretl	Kurzform für Margarete
Guatl	bair. Bezeichnung für Süßigkeiten, Bonbons
Hausgeburt	Form der außerklinischen Geburt in einer Privatwohnung; vorherrschende Geburtsform bis Mitte des 20. Jahrhunderts
Hitlerjugend (HJ)	Jugend- und Nachwuchsorganisation der NSDAP, nach Adolf Hitler benannt; einzig staatl. anerkannter Jugendverband während der NS-Zeit mit 8,7 Mio. Mitgliedern (98% aller deutschen Jugendlichen) im Alter von 10-18 Jahren; Ziel war die langfristige Vorbereitung auf den Kriegsdienst: „Was sind wir? Pimpfe! Was wollen wir werden? Soldaten!"; Erziehungsziel war dementsprechend das Einüben von Befehl und Gehorsam, Disziplin und Selbstaufopferung; Hilfsdienste im II. Weltkrieg, ab 1943 teils als Flakhelfer eingesetzt, in den letzten Kriegswochen auch im Volkssturm
Kindergeld	wurde bereits im Nationalsozialismus 1936 eingeführt und hieß damals noch Kinderbeihilfe. Es

gab für Kinderreiche (ab fünf Kindern) monatl. 10,00 RM bei einem Monatseinkommen unter 185,00 RM. Ab 1938 wurde es bereits ab dem dritten Kind gezahlt.

Klupperl	bair. für Wäscheklammer
KH Barmherzige Brüder	größtes katholisches Krankenhaus Deutschlands in Regensburg (Prüfeninger Straße); seit 1929
Krügerl	Bierkrug ¼ Liter
Kudern	Regensburger Ausdruck für einen minderwertigen, abgeschabten Lederfußball, mit dem die Buben, in Ermangelung eines besseren, vorlieb nehmen mussten.
Lebertran	Um Kinderkrankheiten und Rachitis vorzubeugen, bekamen die Kinder von dem aus der Leber von Kabeljau, Dorsch oder Hai gewonnenen Öl täglich einen Löffel; enthält Jod, Phospor und die Vitamine A und D.
Lederergasse	Wohnstraße in Regensburg, benannt nach den früher hier ansässigen Gerbereibetrieben, den Lederern
Löwentor	prunkvolles Eingangstor in den Berliner Zoo, errichtet um 1909; zwei steinerne Löwen bewachen sozusagen den Eingang
Luftangriffe ü. Rgbg.	Durch den Bombenhagel wurden in Regensburg in den Kriegsjahren 1.139 Personen getötet: 732 Männer, 335 Frauen und 72 Kinder. Allein während der Jahre 1943-45 wurden überwiegend von US-Bombern im Bereich der Stadt über 40.000 schwere Sprengbomben bei 20 Tagesangriffen abgeworfen.
Luftschutzräume	bauliche Anlagen zum Schutz vor Luftangriffen; damals z.B. vorhanden: Lederergasse 5 für 100 Pers. / Nonnenplatz für 150 Pers. / Herrenplatz

	für 220 Pers. / Am Singrün für 280 Pers. / Brunnleite für 50 Pers.
Luftschutzwart	Person, die im II. Weltkrieg für Aufsicht und Organisation des Luftschutzes in einem bestimmten Bereich zuständig war
Messerschmitt-Werke	Die Bayerischen Flugzeugwerke wurden in Regensburg und Obertraubling in Messerschmitt-Werke zu Ehren ihres Chefkonstrukteurs und einstigen Gründers Prof. Willy Messerschmitt umbenannt.
Milieu	franz. für Umgebung (Stadtteile), Lebensumstände, Zeitverhältnisse, Gesamtheit der natürlichen und sozialen Lebensverhältnisse; soziales, häusliches, geografisches und historisches Milieu
Militärschwimmbad	Das Militärschwimmbad (seit ca. 1902, nach 1936 als Schwimmbad Oberndorfer bezeichnet) befand sich am Nordufer der Donau am Unteren Wöhrd und war eine Militärschwimmschule, die auch von Zivilpersonen genutzt werden durfte. 1936 wurde es auf ein 58 m langes und 16 m breites Schwimmbecken, das in drei kleinere Becken unterteilt war, ausgebaut.
Militärschwimmschulen	Diese wurden noch vor dem I. Weltkrieg errichtet, weil viele Soldaten Nichtschwimmer waren. Von diesen kamen viele früher nicht bei Kampfhandlungen ums Leben, sondern durch Ertrinken in unregulierten Armen der Donau oder in Seen.
Muttertag	Er wurde 1934 von den Nazis offiziell zum Feiertag erklärt, und zwar am 2. Sonntag im Mai.
Orden Barmherz. Brüder	Der Orden geht auf das Wirken des hl. Johannes von Gott (1495-1550) zurück, der Kranke in sein Hospital aufnahm. Er gilt als Pionier einer modernen Krankenpflege.

Ottomane	niedriges Sofa
Papperlapapp	abweisende Antwort gegenüber einem dummen Geschwätz oder einer unsinnigen Aussage
Poton	Schwimmkörper/Schwimmplattform, auf der Wasseroberfläche schwimmend; Holz- oder Metallstege als Anlegestellen für Boote oder als Schwimminseln bekannt
Robert	männlicher Vorname, bereits im Mittelalter verbreitet; Bedeutung: von glänzendem, strahlendem Ruhm
Schänke/Schenke	Ausschank, historische Bezeichnung für eine Gaststätte (Kneipe) mit Krugrecht
Schillerwiese	Eine Kuhwiese, die ab 1905 als Schillerwiese bezeichnet wurde, weil in diesem Jahr zum 100. Todestag Friedrich Schillers dort ein Schiller-Gedenkstein errichtet und eine Schiller-Linde gepflanzt wurde. Die Schillerwiese wurde als Badeanstalt am nördlichsten Punkt der Donau im Westenviertel Regensburgs genutzt. Um 1977 verschwand die Badeanstalt.
Schoppen	Hohl- bzw. Raummaß für Getränke, Viertel einer Maß, Viertelliter
Siegfried	männlicher Vorname, zusammengesetzt aus Sieg und Friede; bekannteste Gestalt ist Siegfried der Drachentöter (Nibelungensage)
St. Leonhardianstalt	Im Jahre 1872 gründeten engagierte Christen ein Heim für Kinder zum Vorteil der Arbeiterbevölkerung; noch heute ein Kinder- und Jugendheim sowie ein Kindergarten und eine Kinderkrippe.
Telefunken	deutsches Unternehmen der Funk- und Nachrichtentechnik, gegr. 1903 von Siemens & Halske und von AEG; seit 1941 hundertprozentige AEG-Tochtergesellschaft; führend an der Entwicklung der

	Radartechnik und Erfinder des Farbfernsehens (PAL); während des II. Weltkrieges 40.000 Mitarbeiter, auch Zwangs- und Ostarbeiter; Auflösung 1967 durch Fusion mit der AEG
Utensilien	Dinge, Gegenstände, Zubehör für einen bestimmten Zweck
Verdunkelung	Maßnahme des Luftschutzes bei Nacht. Sie soll bei Luftangriffen feindlicher Flieger das Auffinden der zu bombardierenden Ziele erschweren.
Volksempfänger	Radioapparat, 1933 auf der Berliner Funkausstellung vorgestellt; jedermann sollte Rundfunk im Dritten Reich hören können, um so auch für die NS-Propaganda erreichbar zu sein; 1943 über 16 Millionen Geräte in den Haushalten für 2 RM monatl. Gebühr
Wehrmachtssold	Die Entlohnung (Sold) für Zeitsoldaten und hauptberufliche Wehrmachtssoldaten unter 45 Jahren war gestaffelt nach Rangzugehörigkeit: Schütze monatl. 106,86 RM / Gefreiter monatl. 126,09 RM / Unteroffizier monatl. 176,53 RM.
Wöhrde	Die Donau wird im Stadtgebiet von Regensburg durch die Inseln Oberer Wöhrd und Unterer Wöhrd in zwei Arme geteilt. Der Untere Wöhrd erstreckt sich von der Steinernen Brücke bis zur östlichen Lazarettspitze, wo sich mit dem Regen die beiden Donauarme vereinigen. Während der Pestepidemie um 1713 wurde am Unteren Wöhrd ein Pestlazarett eingerichtet. An der Spitze der Insel wurden viele der Todesopfer beerdigt. Am Nordufer des Unteren Wöhrds befand sich das Militärschwimmbad.
Zoologischer Garten	Der Berliner Tierpark ist der älteste Zoo Deutschlands und der größte Zoo Europas. Er öffnete am 01.08.1844 erstmals seine Pforten für Besucher.

Literaturverzeichnis

Peter Schmoll: „Luftangriffe auf Regensburg". Die Messerschmitt-Werke und Regensburg im Faden alliierter Bomber 1939-1945. 3. erweiterte und überarbeitete Aufl. Buchverlag der MZ / Battenberg Gietl Verlag GmbH. Regenstauf 2019.

Rita Lell: „Regensburg". Was war und was bleibt. Herstellung und Verlag: BoD – Books on Demand. Norderstedt 2015.

Bildnachweis

Zeichnung Stadtplan Regensburg mit Strandbad Oberndorfer: Siegfried Diller

Bilder vom Eisstoß und Strandbad Oberndorfer: Stadt Regensburg Bilddokumentation

alle übrigen Fotos: Privatbesitz Siegfried Diller